知の遺産シリーズ 4

堤中納言物語の新世界

横溝 博
久下裕利 編

武蔵野書院

緒言

◇新しい世紀をむかえながら、国文学界の停滞は目に余るものがあります。大学の改編や経済不況の煽りで時代の影響を受けたこともありますが、若い人たちに対して学問研究に関心を寄せてもらえるような話題性を提供する努力の乏しかったことが、最も大きな原因ではないかと思われます。
学界の閉塞的な状況を乗り越え、個々の研究者の良心を鼓舞し、新たな飛躍を期すために、変革の礎となるべく私たちは本書を編集しました。

◇『知の遺産』と銘打つのは、過去の研究業績に敬意を表す意であります。そこから新たな展望を拓くために、従来の知見を見据え、疑問を提示し、解決の糸口を探る方向を示唆することによって、新たな作品世界へと踏み入れるよう配慮しました。
前へ向かって一歩進むのは、本書を手に取った読者諸賢であることを切に願います。

編者

目次

文学史上の『堤中納言物語』

久下裕利

一　はじめに

　おおよそ平安後期から院政期にかけて成立したらしい十編の短編物語と一つの断章とが集英される『堤中納言物語』は、現存する中・長編物語からすれば、そもそもその存在性が異彩を放っているといえよう。短編物語が集成としての形でしかほぼ伝存し得なかった特性は、例えば『更級日記』に「源氏の五十余巻、ひつに入りながら、ざい中将、とほぎみ、せりかは、しらら、あさうづなどいふ物語ども、一袋とり入れて、得てかへるここちのうれしさぞいみじきや。」と、長編の『源氏物語』は櫃に入れられ、『ざい中将（＝伊勢物語）』以下の短編とおぼしき五編は、一袋に取り入れられていたことで察せられるが、はやくからその宿命的な享受の有様が窺い知られるとともに、『堤中納言物語』という総題号が「包みの中に納まる物語」の意である可能性が不謹慎な邪推とも言えなくはないと思われてくる。注(1)

しかし、『堤中納言物語』には定家編者説はあるものの、偶然一つに寄り合うようになった物語集にすぎないかもしれず、いずれにしても多少とも成立時期や成立基盤が異なる物語たちの集成をどのように読み、位置づけるのかは、従来ほとんど個々の独立した物語として検証し評価することでしか文学史上に定位され得なかったはずであったし、さもなくば、とりわけ天喜三（一〇五五）年五月三日に開催された六条斎院禖子内親王家の歌合で題を物語とする中で提出された十八編の物語のうち唯一『堤中納言物語』中に現存する『逢坂越えぬ権中納言』をもって、主題提示の句が主人公の官職名に接続する含意のある題号という共通性で括れる物語群の周辺に『花桜折る中将』や『思はぬ方に泊りする少将』を認め得る程度で、個々の物語の成立時期や集成意図などを推し量る根拠に乏しかったのであり、まして各物語の系列化などをいう格別な規則性などを検討する余地などはなかったはずなのだが、研究の一方向として何とか集成意図を探ろうとしているのが近時の傾向としてあって、中でもこうした指摘を含む稲賀敬二の『堤中納言物語』に関する一連の論考が、一般読者層をも対象とする小学館新編日本古典文学全集等の解説（新編全集・解説―十編の集合とその完成―）にまで定着しているとなると、ひとりの物語愛好家の愉悦であってみれば、研究史上放置していっこうに構わないのだが、そうもいかない状況下にあることを認識するところから始めたい。

二　稲賀説の行方

従兄弟（稲賀説[注(2)]）の少将と権少将とが、故大納言の姫君たちに通っていたところ、お互いに相手を取り違えるという『思はぬ方に泊りする少将』の題名は、源景明の「風をいたみ思はぬ方に泊りする海人の小舟もかくやわぶらむ」（拾遺集、恋五、九六三）の第二・三句を用いて題名に据えられ、人違えという物語のテーマに関わることが周知されている。そして、さらに景明詠で詞書に「絶えて年ごろになりにける女のもとにまかりて、雪の降りはべりければ」とある「み吉野の雪にこもれる山人もふる道とめて音をや泣くらむ」（拾遺集、恋三、八四七）が、『花桜折る中将』[注(3)]の「ここに住みたまひし人は、いまだおはすや、『山人にもの聞えむといふ人あり』とものせよ」[注(4)]と、昔語らった女性を思い出した主人公中将が、この邸の者に取り次ぎを求めたことばの「山人」の語とが響き合うことを加えて、稲賀氏は景明の活躍期である十世紀後半の時代に注目したのである。

その頃、景明は源信明没後の中務邸に親しく出入りしていたが、その信明・中務夫妻の馴初めに交わされた「あたら夜の月と花とを同じくはあはれ知れらむ人に見せばや」（後撰集、春下、一〇三）が、『花桜折る中将』の冒頭で、主人公の従者光季の愛人がその一句「月と花とを」と口ずさみながら登場している相互の状況を、引歌として物語創作する時代ではなく、作詠の時代を物語創作の時代へと引き据えたのであった。稲賀氏は景明と物語との関係を次のようにまとめている。[注(5)]

一、『風葉和歌集』所収の「かはほりの中務卿の宮の女」の歌、「あるかひも渚に寄する浮舟」の歌は、景明の『新古今集』の所収歌の上の句と一致する。「かはほり」は『枕草子』の前田家本・堺本の「物語は」の段にみえる「かはほりの宮」と同じ作品であろう。[注(6)]

二、『堤中納言物語』の一巻、「思はぬかたに泊りする少将」の題名は、景明の「風をいたみ思はぬかたに泊りするあまの小舟もかくやわびらむ」（『拾遺集』恋五）による。

三、同じ作品（「思はぬ方に泊りする少将」―筆者注）の「思はずにわが手になるる梓ゆみ深き契りの引けばなりけり」は、『拾遺集』の景明の旋頭歌と表現上、類似し、何らかの関係があろう。

四、『堤中納言物語』の一巻「花桜折る少将」の、「山人に物聞こえむといふ人あり」という主人公の口上は、景明の「絶えて年頃になりにける女のもとにまかりて、雪の降りはべりければ」と詞書にある「三吉野の雪にこもれる山人もふる道とめて音をや泣くらむ」（『拾遺集』恋三）を踏まえるであろう。

五、同じ作品（「花桜折る少将」―筆者注）の中で口ずさまれる「月と花とを」の一句は、信明と中務との贈答歌の一句である。『赤染衛門集』にみえる「花桜」物語と「花桜折る少将」とは同一作品かとも考えられる。

六、『源氏物語』以後の作品に、景明の歌の影響は認められない。景明と、彼の歌の人気は、一時的である。

稲賀説はこれらを総合して、『堤中納言物語』の作品群では当該両物語は十世紀後半、中務周辺で作られたかと想定したのである。

ところで、稲賀説に拠れば『思はぬ方に泊りする少将』の成立上限を規定することになるのだが、一方その成立下限に関しては、右大将家の少将が人違いであることを知りながら妹君を強引に略奪する場面に現れる引歌「いかで、思ふとだにもなど、人知れず思ひわたり」（傍線箇所）を、新美哲彦は従来から指摘されている忠岑歌「わがたまを君が心に入れかへて思ふとだにも言はせてしがな」（玉葉集、恋三、一五八一。西本願寺本忠岑集）では「自分の魂を君の心と入れ替えて、君に「思う」とだけでも言わせたいものだなあ」と相手に言わせようとしている歌だから、この場面の文脈としては以前から人知れず想っていたことを、どうにかして知らせたいという意味の引歌が必要で、「忠岑歌がこの場面の引歌としてふさわしくないのは明か」だとして、新たに『新後撰和歌集』の「人しれず思ふとだにもいはぬまの心のうちをいかでみせまし」（恋一、右近大将道平、八三〇）を指摘した。注(7) それに対し井上新子は、忠岑歌の第五句が「言はせてしがな」ではなく、「しらせてしがな」となる書陵部蔵御所本丙類『忠岑集』（新編国歌大観Ⅰ）を指摘して、これならば「相手を思っているということだけでもせめて知らせたい」という意味になり、「物語における少将の思いと符合」し、当該物語の成立を『新後撰和歌集』が成立した嘉元元（一三〇三）年以降まで引き下げる必要はないとした。注(8)

これをもって『思はぬ方に泊りする少将』の成立時期に関わる下限への振幅を解消できたものとすると、残る稲賀説の上限に関しても景明歌を引歌とする時代の享受基盤を想定できれば解消されるのであり、要するに第六項に掲げてある「『源氏物語』以後の作品に、景明の歌の影響は認められない。景明と、彼の歌の人気は、一時的である。」とした指摘の反証を異なる視点から説明できればよいと言うことになろう。以下多少煩瑣に亙るがお許し願いたい。

景明の和歌を引用したらしいもう一つの物語として、散佚した『かはほり』が三角洋一の指摘によって知られている。注(9) 『風葉集』に採歌された三首のうち一首が次のようにある。注(10)

山吹といふわたりに移ろひけるに、海の面心細く、小さき舟どもの見えければ
かはほりの中務卿の宮女
あるかひもなぎさに寄する浮舟の下にこがるる身をいかにせむ　（雑三、一三五〇）

この初句・第二句「あるかひもなぎさに寄する」が、『新古今集』に採歌された景明詠の、

あるかひもなぎさに寄する白波の間なくもの思ふ我が身なりけり　（恋一、一〇六六。傍線筆者）

と全く同じであり、『かはほり』の作中歌は景明詠からの摂取と見られる。『かはほり』の女主人公と思われる「中務卿の宮女」が、琵琶湖畔の「山吹の崎」という所に身を隠したのであろう。一方、男主人公の少将は行方知れずになった姫君を探しあぐねて次のような独詠歌を残す。

　　女の行方知らずなりて侍りける古里に、雪の降る日、ひぐらしながめて帰るとてよめる
　　　　　　　　　　　　　　　　かはほりの少将

　尋ぬべき方もなくてぞ帰りぬる雪ふるさとに跡も見えねば　　　（冬、四二七）

尋ぬべき手だてもなく茫然自失している男の体は、まるで『伊勢物語』第四段の「月やあらぬ」歌を詠んだ業平の如くで、その身を隠した女が高子であったように、中務卿の宮の娘という女主人公の素姓からモデルとした事実がある可能性を読み取ろうとしたのが稲賀説で、注(11)中務宮敦慶親王を父とする伊勢の娘中務も常明親王に取り隠されたこと（後撰集、雑一、一一〇四）があった事例を根拠に、『かはほり』も十世紀後半、中務周辺の物語制作工房の物語の一つであったろうとするのである。

ところで、『枕草子』の前田家本や堺本の「物語は」段には『かはほりの宮』とする物語名が記されていて、当該『かはほり』と同一物語と見做されている。〈かはほり〉とは蝙蝠扇のことで、荒廃した宮邸に形見として残された唯一のものが、その扇であったのかもしれない。注(12)

しかし、問題は『枕草子』「物語は」段の前文にもう一つの〈かはほり〉に関わる物語が挙げられていて、それは三巻本や能因本でも同じく確かめられる『こまのの物語』である。『枕草子』には『こまのの物語』に関して「成信の中将は」段にも言及があるので、合わせて当該箇所のみを両本から掲げておく。

○「物語は」段

(イ)こまの物語は、古蝙蝠さがし出でて持て行きしがをかしきなり。(三巻本。小学館新編全集三三六頁)
(ロ)こま野の物語は、古き蝙蝠さし出でてもいにしがをかしきなり。(能因本。小学館全集、三四四頁)

○「成信の中将は」段

(イ)こまのの物語は、何ばかりをかしき事もなく、ことばも古めき、見所おほからぬも、月に昔を思ひ出でて、虫ばみたる蝙蝠取り出でて、「もと見しこまに」と言ひてたづねたるが、あはれなるなり。(三巻本。四二七頁)
(ロ)こま野の物語は、何ばかりをかしき事もなく、ことばも古めき、見所おほからねど、月に昔を思ひ出でて、虫ばみたる蝙蝠取り出でて、「もとこしこまに」とひてたてるかど、あはれなるなり。(能因本。四二二頁)

『こまのの物語』に対して、清少納言は「何ばかりをかしき事もなく、ことばも古めき、見所おほからぬ」昔物語と酷評していながら、童のころから親しんだ女の古く虫ばんだ蝙蝠扇を探し出して、「もとこしこまに」[注13]と口ずさみつつ、馬の歩みにまかせてかつての女の居所を訪ねる場面には関心を寄せている。一方、紫式部も『源氏物語』螢巻で「こまのの物語」[注14]を引き、「小さき女君の、何心もなくて昼寝したまへる所」を絵に描いた場面を話題に上せている。光源氏は「童どち」の「世馴れたる」物語を明石の姫君の教育上好ましくないと諫めているのだが、「昼寝(姿)」に紫式部はこだわったようで、蓬生巻の末摘花、常夏巻の雲居雁、総角巻の中の君、そして浮舟巻の中将の君(浮舟の母)と、渦中の女君たちの運命に関わらせて「昼寝」の場面を設定しているかのようである。辛島正雄は上記の場面の「昼寝」と『紫式部日記』の宰相の君の昼寝姿の例[注15]とを踏まえ検討して、『枕草子』との違いを「紫式部のように「昼寝」

なるものを、一定の美的基準の枠内でしか描くまいとするような、奇妙なこだわりは見られない。[注(16)]」とする。その奇妙な固執は、例えば『枕草子』「すさまじきもの」に「しはすの月夜」を挙げてあれば「心浅さよ」[注(17)]（朝顔巻）と非難したり、『白氏文集』第十六の七言律詩の一節「遺愛寺ノ鐘ハ枕ヲ欹テテ聴キ、香炉峰ノ雪ハ簾ヲ撥ゲテ看ル」から「簾ヲ撥ゲテ」ではなく「枕ヲ欹テテ」[注(18)]の方をあえて用いるなど、同質のズラシであって、これらは対清少納言意識のなせるわざと認識しているのだが、そうした反駁と対抗意識によるのだとすれば、〈かはほり（扇）〉に関しても、扇に「大荒木の森の下草老いぬれば駒もすさめず刈る人もなし」の歌が記された好色な老女源典侍の登場に、男の訪れを促す「駒」との連関で、『こまのの物語』から源典侍物語へと童から一転して似ても似つかぬ物語世界への転用、つまりパロディ化（辛島説）が成されたのだと言えよう。要は創作基盤だけの問題ではなく、享受基盤の変容に物語の存在も左右されるのであり、景明歌摂取の物語も定子サロンから彰子サロンへの移行でいったん終息をむかえ、恋人や仲間との「同じ心」をアッピールする信明歌の時代となる。[注(19)]

　とはいえ、そもそも引歌の表出現象だけで『花桜折る中将』『思はぬ方に泊りする少将』の成立を律し切ることは限度があると認めざるを得ないのだから、むしろ引用のモザイクとの視点[注(20)]からみて両物語が〈取り違え〉のテーマを描くにあたって見据えられた物語とは何であったのかを問う時、それは『源氏物語』であったはずなのである。

　人物や場面設定の類似ばかりではなく情景を彩る文飾に至るまで従来から多くの指摘がなされている。中でも『花桜折る中将』においては若紫巻の紫の君略奪のパロディ化であり、[注(21)]その結末が目当ての姫君ではなく、誤って祖母の尼君を盗み出してしまうという落ちの面白さが短編の持ち味を際立たせているにしても、それが意想外の結末だというのではなく、予定調和的に導き出されて物語られていることは、その書き出しから既に「月にはかられて」女の元から帰る男主人公を写し出していく設定で明らかで、しかも蓬生巻での光源氏の末摘花邸再訪を思わせる松に代わる桜の木立に「立ちやすら」い、「ここに住みたまひし人は、いまだおはすや」と問う男主人公の、注(22)むしろ色好み気取りを皮肉っているというのがこの物語の実体に近いと言うべきなのであろう。

多くの物語が紡いできた男女主人公の出会いの手法がかいま見であり、そこから姫君略奪への経緯に『狭衣物語』の例を挙げ得るとはいえ、そこに一貫した方向性はないのであって、『虫めづる姫君』のかいま見場面に登場する姫君の容姿や行動の奇怪さが紫の君と対比化されることで笑いの対象となれば、両物語に〈若紫巻のかいま見〉という共通の磁場を確認できよう。注(23)また中将らしき男主人公を取り囲むように配される光遠・季光・光季や右馬助が中将時代の光源氏を彷彿させ、下鳥氏が「重層する雨夜の品定めと北山の垣間見の中で、左馬頭ならぬ右馬助に領導されて、「中将」光源氏は虫めづる姫君を垣間見るのである。」とした。しかし、光源氏には遠く及ばない中将の存在性がいみじくも露呈しているのであって、『源氏物語』以後の物語たちの自虐的な喘ぎともいえそうだ。

物語は〈かいま見〉の手法によってどのように物語を切り開いていったのか。現存の『夜の寝覚』の〈かいま見〉場面が夕顔巻の設定に近似させているから光源氏と頭中将とのような取り違えかと思いきや、男主人公が契った相手が、婿となるはずの源太政大臣家の中の君の方であったところに〈姉妹〉の物語構築が始まることとなる。注(24)〈姉妹〉をモチーフとした物語の本格的な展開は宇治十帖からであったと言ってよいが、『夜の寝覚』の発端にも「姉君には琵琶、中の君には箏の琴を教へたてまつりたまふ」とあって、これは橋姫巻と全く同じ設定であっても、その〈かいま見〉後の急展開に意表を衝いていた。つまり、短編に拘らず後期物語は『源氏物語』を前本文とするかの如くの宿命を負いつつ始発せざるを得なくなっていたことからすれば、『源氏物語』の絶大な影響が読者であり物語作者ともなるサロンの女房たちを支配していたことを窺わせるのである。

それは『思はぬ方に泊りする少将』にしても故大納言の姉妹に、大将家の少将と右大臣家の権少将とを配する〈二人ずれ〉（鈴木一雄）の手法は、宇治十帖の薫と匂宮の模倣であり、安易なトリックの招来を期すために放香ではなく「少将」と「権少将」という官職名称を近似させ、誤認の原因としたのだろう。もっともその書き出しが、「昔物語などにぞかやうのことは聞ゆるを、いとありがたきまで、あはれに浅からぬ御契りのほど見えし御ことを、つくづくと思ひつづくれば、年のつもりけるほども、あはれに思ひ知られけむ。」（傍線筆者）と、『夜の寝覚』の冒頭「人の世のさまざまなるを見聞きつもるに、なほ寝覚の御仲らひばかり、浅からぬ契りながら、よに心づくしなる例は、ありがたくもありけるかな。」（同）を踏襲し、この『夜の寝覚』までも「昔物語」の射程に納めて、説明を省き引用のモザイクにまかせて状況を直叙する矮小化した物語空間に対峙化させたところに、短編としての『思はぬ方に泊りする少将』の文学史的位相も明らかなのであろう。

三　絡み合う物語

『堤中納言物語』が短編物語集として何らかの共通性のもとに意図的に集められたものなのかどうか、

稲賀氏の《権中納言に集約される物語系列》と《三位中将に集約されるエピソード》の二区分による系列化の他にも、冒頭描写の共通する短編群として『逢坂越えぬ権中納言』『花桜折る中将』『このついで』『ほどほどの懸想』『貝合』の五編を挙げる鈴木一雄[注25]や、物合との関係があるとして『逢坂越えぬ権中納言』(→根合)『貝合』(→貝合)『このついで』(→薫物合)『はなだの女御』(→前栽合)の四編を挙げる寺本直彦[注26]があったし、また〈昼〉と〈夜〉の時間が対比構造となっているとして『このついで』『虫めづる姫君』『貝合』『はいずみ』の四編を挙げる長谷川政春[注27]、あるいは『花桜折る中将』『思はぬ方に泊りする少将』『このついで』『はいずみ』を乳母の在・不在によって姫君の運命を左右する視点から各物語を分析する吉海直人[注28]、そして恋を求め彷徨う男の姿を月が照らす物語として『花桜折る中将』『貝合』『逢坂越えぬ権中納言』「冬ごもる」の四編を挙げ、新しい恋人を求める前二者が「春の月」と「秋の月」との対比として、後二者が叶わぬ意中の女を想う「夏の月」と「冬の月」とを対比的に設置していることを指摘する井上新子[注29]などがあるけれど、概して主人公につき従う小舎人童が登場する『ほどほどの懸想』『貝合』『はなだの女御』『はいずみ』や主人公が立ち寄った先で童が登場する『花桜折る中将』『虫めづる姫君』『ほどほどの懸想』『貝合』など、とにかく童の頻出が顕著な特徴として挙げ得よう。

ところで、本稿では物語を切り開くための常套的な手法として〈かいま見〉を確認してきたけれども、もう一つ『はなだの女御』もそれに加えられよう。しかも「すき者」によって切り開かれた世界が、それぞれの女たちが仕える女主人を草花に喩え品評する場であったという意外性であり、それは『貝合』で新しい出逢いを求めて彷徨う蔵人少将が、偶然子供たちの世界と関わるという意外な場が想出されているのと同類なのであろう。ただ〈意外性〉という用語を使って律していけば、『花桜折る中将』の老尼を誤って盗み出す結末は言うまでもなく、『はいずみ』の今の妻が化粧に失敗する滑稽な結末、[注(30)]逆に帝寵薄き女御が帝の渡御によって暗から明へと一転する『このついで』、蝶めづる姫君に対置する「虫めづる姫君」の存在等、短編物語の特質が、この〈意外性〉によって支えられているのだともいえよう。

こうしたもの言いは、少しこじつけがましいには違いないが、なお『貝合』が物語文学史的には継子譚[注(31)]を引きずっているのに対し、『はなだの女御』は草花の比喩が的確に女主人の品格や生きざまを言い当てていることから、時代を反映しその実在が浮き彫りになっている可能性があり、研究の一端がその事実性のもとにモデル探しの方向に傾いているのも他の物語にはない特色となっている。そこでとりあえず従来の指摘を一覧表によって整理しておくこととする。その際、三角洋一[注(32)]及び井上新子[注(33)]の作表を参考とした。

評者	女主人	喩え	モデル			
			山岸説	都竹説A	都竹説B	安藤説
①命婦の君	女院	蓮の花	藤原詮子（兼家女）	同上	同上	同上
②大君	一品の宮	竜胆	資子内親王（村上帝九女）	同上	同上	脩子内親王（定子一女）
③中の君	大皇の宮	ぎぼうし	藤原遵子（頼忠女）	昌子内親王（朱雀帝女）	藤原遵子	同上
④三の宮	皇后宮	紫苑	藤原定子（道隆一女）	藤原遵子	藤原定子	同上

⑤四の君	中宮	桔梗	藤原彰子（道長一女）	藤原定子	藤原彰子	同上
⑥五の君	四条の宮の女御	露草	藤原諟子（頼忠二女）	同上	同上	同上
⑦六の君	承香殿	撫子	藤原元子（顕光一女）	同上	同上	同上
⑧七の君	弘徽殿	刈萱	藤原義子（公季女）	同上	同上	同上
⑨八の君	宣耀殿	菊	藤原娍子（済時一女）	同上	同上	同上
⑩九の君	麗景殿	花薄	藤原綏子（兼家三女）	同上	同上	同上
⑪十の君	淑景舎	朝顔	藤原原子（道隆二女）	同上	同上	同上
⑫五節君	御匣殿	秋萩	藤原尊子（道兼女）	同上	同上	―
⑬東の御方	淑景舎妹三の君	萱草	藤原原子の妹（道隆三女）	同上	同上	同上
⑭いとこの君	淑景舎妹四の君	くさのかう	藤原原子の妹（道隆四女）	同上	同上	同上

⑮姫君	右大臣の中の君	女郎花	源雅信女	藤原延子（顕光二女）	同上	―
⑯をば君	左大臣の姫君	われもかう	源重信女	藤原彰子	藤原妍子（道長二女）	同上
⑰尼君	斎院	五葉	選子内親王（村上帝十女）	同上	同上	同上
⑱小命婦の君	斎宮	山菅	恭子女王（為平親王一女）	同上	同上	―
	帥の宮の上	芭蕉葉	藤原済時二女	同上	同上	藤原道隆三女（?）
⑲嫁の君	中務の宮の上	尾花	為平親王二女（具平親王の妻）	同上	同上	―

○山岸説―山岸徳平『堤中納言物語全註解』（有精堂、昭和37〈一九六二〉年）
○都竹説A・B―都竹裕子「堤中納言物語「はな〳〵の女御」考―左右大臣該当者への一試案―」（「国文目白」18、昭和54〈一九七九〉年2月）
○安藤説―『物語そして枕草子』（おうふう、平成14〈二〇〇二〉年）「〈はなだの女御〉の一読解」（初出『論集源氏物語とその前後3』新典社、平成4〈一九九二〉年）

表を一瞥すれば、草花に喩えられ評される女性たちが、女院、内親王そして后をはじめとする後宮の女性たちで、彼女らを網羅し得るのは一条朝であるにしても、同時代の女性たちを一同に会している必然性はないので当然疑うべきだが、少なくとも東三条院詮子を嚆矢とする女院の存在や、史上初の皇后定子・中宮彰子の二后併立、そして五葉に五代を掛けて喩えられる大斎院選子内親王のことなどを中核に据えて考えていけば、やはりおのずから一条朝の女性たちを中心にして掌握できるのである。また当該物語の成立時期の上限あるいは下限に関しても、モデルの生没や任官期間によって特定され得るので、山岸説（長保二〈一〇〇〇〉年八月二十日～同年十二月十六日）、都竹説A（長徳二〈九九六〉年十二月～長保元〈九九九〉年十一月）、都竹説B（長保二〈一〇〇〇〉年二月二十五日～同年十二月十五日）を検討吟味した井上説は、長保二（一〇〇〇）年二月二十五日～同年八月十九日という結論を導き出し、その期間に当てはめられるモデルを都竹説Bの人物たちと同じとした。

井上説の長保二（一〇〇〇）年二月二十五日というのは、藤原定子が皇后となり、彰子を中宮とする一帝二后が実現したことを記した『御堂関白記』『権記』に拠る月日であって、同日に遵子（頼忠女）が皇太后に転じているから「大皇の宮」というのがこれに当たり、三者の連動としての把握が必要であろう。また女院詮子は翌長保三（一〇〇一）年閏十二月二十二日に崩御するが、その前に秋萩に喩えられる藤原尊子（道兼女）が「御匣殿」から女御となったのが、『一代要記』に拠ると長保二（一〇〇〇）年八月二十日だから、尊子が「御匣殿」であった期間を加味して、井上説は八月十九日と指定したのであった。

ところで、安藤説は山岸説や都竹説を踏まえることなく独自路線で考察をすすめていて、『枕草子』の世界を重視するあまり定子所生の脩子内親王を「一品宮」に比定しその評者対象の序列を無視したり、「帥の宮」敦道親王の北の方を喩える「芭蕉葉」に定子の妹である道隆三女を想定（一八九頁）する失考などもあり、「すき者」を誰の声かを聴き分ける才能から成信の中将とする性急な判断も目立つが、道長の彰子サロンだけではなく、『枕草子』の定子サロンの趣向性をも受け入れる作者・享受基盤として定子の遺児である脩子内親王や、また敦康親王の娘で後朱雀天皇中宮嫄子女王の遺児となる祐子・禖子両内親王を支える頼通文化世界に当該物語も誕生する可能性があることを示唆していると思われる。

　そうした意味で五葉に喩えられ実在のモデルと考えられる選子内親王にしても五代の天皇に仕える「かはらせたまはざんめ」る斎院というのならば、五代目の天皇となる後一条が即位する長和五（一〇一六）年を成立の上限と考えることもできて、注(34)選子が斎院を退下する長元四（一〇三一）年を待つ必要もないということなのだろうか。さらに井上氏は『はなだの女御』の執筆意図を女郎花に喩えられた「右大臣の中の君」、つまり顕光の二女延子と、吾木香《われもかう》に喩えられた「左大臣の姫君」、つまり道長の二女妍子との関係に着目し、政治的な確執が、顕光・延子父娘の死後、道長方に物の怪となって祟ったことが『栄花物語』（巻二十四「わかばえ」、巻二十五「みねの月」）にみえ、『小右記』万寿四（一〇二七）年五月三十日条には妍子をも苦しめたことが記されていて、こうした顕光・延子の魂を慰め鎮魂を意図するための執筆との考えを示す。その際作者の想定に関して「桔梗」「吾木香」の喩えによって自家の彰子・妍子姉妹をわざわざ低める必要はないとして、道長方の作者を除外するが、怨霊を畏れての所為であれば道長方、いや既に頼通の時代になっているが、その女房たちの堅い絆によって、「すき者」を排除したように『はなだの女御』の執筆に向うことができたのではなかろうか。

　もっともここまでくれば、頼通時代の実質的な物語動向を見据えるには後朱雀朝から後冷泉朝へと視界を拡げていかねばならないだろう。寺本直彦は、主人公頭中将が召使う小舎人童と故式部卿宮家の女童との恋愛成就から始まる『ほどほどの懸想』では、次に頭中将に仕える従者をその小舎人童が仲立ちして宮邸に仕える若い女房との縁を取り結ぶことになる。その贈答歌が『栄花物語』（巻三十四「暮まつ星」）『新古今集』（恋四、一二五〇・一）に載る後朱雀天皇と梅壺女御藤原生子との贈答歌に拠ったのではないかと、その内容を吟味しつつ表現上の一致を指摘したのである。注(35) ここには寺本氏が指摘したそのままの形で掲げておくことにする。

したにのみ思ひみだるゝ青柳のかたよる風はほのめかさずや（ほど〳〵の懸想）

春雨のふりしく比か青柳のいとみだれつゝ人ぞ恋しき（後朱雀院）

ひとすぢに思ひもよらむ青柳は風につけつゝさぞみだるらむ（ほど〳〵の懸想）

青柳のいとみだれたる此の比はひとすぢにしも思ひよられじ（梅壺女御藤原生子）

寺本論考はこの指摘にとどまらず、さらに天喜三（一〇五五）年における禖子内親王家の物語歌合に提出された『あらば逢ふよのと嘆く民部卿』（出羽弁）にも前掲梅壺女御生子の「青柳の」歌を採り入れたらしい『風葉集』所載歌に「常よりもいとど乱るる青柳はもと見し人に心よるらし」（春上、五八）があり、また『後拾遺集』の後朱雀天皇詠「あやめぐさかけし袂のねを絶えてさらにこひぢにまどふころかな」（恋三、七一五）が『あらば逢ふよ』の「あやめ草かかる袂のせばきかなまたしらぬまの深き根なれば」（夏、一六九）に踏まえられていることからしても、注(36)『ほどほどの懸想』の成立を、後朱雀天皇と梅壺女御生子との贈答歌が交わされた長久三（一〇四二）年三月以降とし、その記憶が後宮女房たちに残っている後朱雀・後冷泉朝ころの成立としている。つまり、後冷泉朝に開催された天喜三（一〇五五）年の禖子内親王家物語歌合に提出されて唯一現存する『逢坂越えぬ権中納言』を基準として他の『堤中納言物語』所収の物語の成立や作風を考え合わせてもほぼ間違いないということになり、しかも寺本氏は『ほどほどの懸想』の作者が、この物語歌合に物語を提出した女房たちが有力ではないかとまで言い及んでいる。

なお後朱雀朝の風景の一部は、菅原孝標女の『更級日記』に記し残されている。中宮嫄子没後、内大臣教通の娘生子が入内（長暦三〈一〇三九〉年）し、その清涼殿にむかう優雅な風情をとどめ、源資通との出会いでは冬の夜の雪や時雨の景観を語り、そして長暦三（一〇三九）年十二月二十五日の宮の御仏名の帰路では「げに濡るる顔なり」と伊勢の「あひにあひて物思ふころのわが袖に宿る月さへ濡るる顔なる」（古今集、恋三、七五六）を引く。この涙で濡れた袖に月が宿るという伊勢歌の引用は、「冬ごもる」断章の冒頭表現を、『狭衣物語』（巻四）の例とともに冬の景観において捉える必要があるように思われてくる。注(37)

〔主要参考文献〕

①石川徹「堤中納言物語総号考」（『国語と国文学』昭和24〈一九四九〉年8月。のち『古代小説史稿』刀江書院、昭和33〈一九五八〉年）

十編の主人公たちの官職が兼輔の歴任した官職と同じところから堤中納言兼輔の事蹟を書いた物語との錯誤が総題号と成ったことを述べる。

②鈴木一雄『堤中納言物語序説』（桜楓社、昭和55〈一九八〇〉年）

『堤中納言物語』の作風を文学史的に位置づける一方、特に『逢坂越えぬ権中納言』『はいずみ』『このついで』『花桜折る少将』の各論に緻密な検討があり、六条斎院禖子内親王家の物語歌合に関しても言及がある。

③寺本直彦『物語文学論考』（風間書房、平成3〈一九九一〉年）「堤中納言物語題名攷」（初出「国語と国文学」昭和11〈一九三六〉年1月）では勧修寺家との関係を考え、また「堤中納言物語成立試論―定家と堤中納言物語―」（初出「国語と国文学」昭和55〈一九八〇〉年12月）では定家編者説から定家の幼名が「光季」「季光」であることに注目し『花桜折る少将』の作者説にまで踏み込む。

④大槻修「『堤中納言物語』語り語られる世界」（岩波新大系・解説、平成4〈一九九二〉年）短編物語の成立に関して天喜三（一〇五五）年開催の六条斎院禖子内親王家物語歌合のような場の話芸に通じる作風を各物語に関して解説している。また総題号に関しての従来の諸説を整理する一方、定家編者説に強い関心を寄せる。

⑤王朝物語研究会編『研究講座　堤中納言物語の視界』（新典社、平成10〈一九九八〉年）既発表論考十四本を再録するとともに、稲賀敬二、後藤康文、阿部好臣、井上新子の書き下し論考四本を収める。

⑥稲賀敬二コレクション④『後期物語への多彩な視点』（笠間書院、平成19〈二〇〇七〉年）「第二部　進化する『堤中納言物語』論」には既発表の八本の論考が収められ、解説は久下が担当している。

⑦神野藤昭夫『知られざる王朝物語の発見―物語山脈を眺望する』（笠間書院、平成20〈二〇〇八〉年）『はいずみ』と天喜三〈一〇五五〉年開催の六条斎院禖子内親王家物語歌合に関して平易に述べる。

⑧考えるシリーズⅠ『源氏以後の物語を考える―継承の構図』（武蔵野書院、平成24〈二〇一二〉年）

『堤中納言物語』関係の論考として、陣野英則「『堤中納言物語』「はいずみ」前半部の機知と諧謔」と後藤康文「『はなだの女御』の〈跋文〉を考える―『堤中納言物語』の本文批判と解釈―」の二本を収める。

⑨久下裕利『王朝物語文学の研究』（武蔵野書院、平成24〈二〇一二〉年）

「第Ⅰ部　王朝物語官名形象論―物語と史実と」での官職に関わる考察は、『堤中納言物語』や禖子内親王家物語歌合に提出された物語の主人公像造型に資する。

⑩井上新子『堤中納言物語の言語空間―織りなされる言葉と時代―』（翰林書房、平成28〈二〇一六〉年）

近時の『堤中納言物語』研究の成果を本書にみることができる。視座を明確にして作品論を展開し、新見を導く革新的な論著である。

注

（1）後藤康文「『堤中納言物語』書名試論」（主要参考文献⑤）

（2）以下の稲賀説に関わる言説は「物語の系列化集合論と「堤中納言物語」の段階的形成過程・仮設―道長の時代から頼通の時代へ―」（主要参考文献⑤⑥）及び同氏『女流歌人中務―歌で伝記を辿る―』（新典社、平成21〈二〇〇九〉年）に拠る。

（3）筆者は題号の「少」は誤写との考えで「中」に改めるが、「少将」のままとする増田夏彦「『堤中納言物語』についての一考察―「花桜折る少将」の問題点をめぐって―」（『岡大国文論稿』15、昭和62〈一九八七〉年3月）がある。なお本書所収、陣野英則「『花桜折る少将』の切り詰められた世界―終末部における中将の乳母登場の意義など―」にも題号についての言及があるので参照願いたい。

（4）引用本文は三角洋一『堤中納言物語全訳注』（講談社学術文庫）に拠る。

（5）以下の引用は稲賀敬二コレクション①『物語流通機構論の構想』（笠間書院、平成19〈二〇〇七〉年）「王朝物語の制作工房―中務の住む町―」（初出「古代文化」平成5〈一九九三〉年5月）に拠る。
（6）この『かはほり』に関しては後述する。
（7）新美哲彦「『堤中納言物語』の編纂時期―「思はぬ方にとまりする少将」の成立から―」（田中隆昭編『日本古代文学と東アジア』勉誠出版、平成16〈二〇〇四〉年）
（8）井上新子「『堤中納言物語』所収作品の享受」（『主要参考文献』⑩）。なお新美論考が指摘する「車寄せ」についても反証を挙げる。
（9）三角洋一「『かはほり』のことなど」（「国文白百合」11、昭和55〈一九八〇〉年3月。のち『物語の変貌』若草書房、平成8〈一九九六〉年）
（10）『風葉集』からの引用は、樋口芳麻呂校注『王朝物語秀歌選(上)(下)』（岩波文庫）に拠る。
（11）前掲『物語流通機構論の構想』「物語流通機構の形成期―十世紀の女性の裏とおもて―」
（12）三角前掲論考では「こうもりの住みかとなったあばら家に住む中務卿宮女の物語」と推測するが、稲賀前掲書『女流歌人中務』「源景明の歌と「かはほり」の中務卿の宮の娘」では、「中務卿の宮の娘は「過ぎにしかた」の恋の名残の「かはほり」を、傷心の男主人公のもとへ送り届けたという筋だて」かとして〈かはほり〉を動物の「蝙蝠《こうもり》」ではないとする。
（13）『後撰集』（恋五、九七八）「夕闇は道も見えねど古里はもと来し駒にまかせてぞ来る」、あるいは『大和物語』五十六段「夕されば道も見えねど古里はもと来し駒にまかせてぞ行く」に拠る。
（14）青表紙本系の大島本は「くまの、ものかたり」だが、河内本・別本の多くは「こまの、ものかたり」とある（『源氏物語大成巻二校異篇』八一九頁）。
（15）『紫式部日記』に宰相の君豊子の昼寝姿を描くのは『こまのの物語』の影響とする福家俊幸『紫式部日記

の表現世界と方法』（武蔵野書院、平成18〈二〇〇六〉年）がある。
（16）辛島正雄「蝙蝠と駒と昼寝の物語─散逸『こまのの物語』をめぐる断章」（古代文学論叢第十四輯『源氏物語とその前後　研究と資料』武蔵野書院、平成9〈一九九七〉年）
（17）『紫明抄』『異本紫明抄』『河海抄』に掲げる『枕草子』の一節で、川島絹江『『源氏物語』の源泉と継承』（笠間書院、平成21〈二〇〇九〉年）「朝顔巻と『清少納言枕草子』」が詳しく検討している。
（18）「枕をそばたて」は、須磨、柏木、総角巻の計三箇所に用いられ、この行為表現に〈謹慎〉と〈恭順〉の意が込められていると説くのは黒須重彦「「枕をそばだつ」について─望郷と絶望─」（『源氏物語探索』武蔵野書院、平成9〈一九九七〉年）である。
（19）久下「後期物語創作の基点─紫式部のメッセージ─」（〔主要参考文献〕⑧。のち『源氏物語の記憶─時代との交差』武蔵野書院、平成29〈二〇一七〉年）
（20）阿部好臣「引用のモザイクからの挑戦─花桜折る少将と王権物語─」（〔主要参考文献〕⑤。のち『物語文学組成論Ⅱ─創生と変容』笠間書院、平成23〈二〇一一〉年）
（21）川端春枝「月に紛う花─花桜折る中将考─」（『國語國文』707、平成5〈一九九三〉年7月。のち〔主要参考文献〕⑤に再録）は、『狭衣物語』巻四における式部卿宮の姫君略奪のパロディとするが、藤壺に当たる源氏宮の代りとして宮の姫君は狭衣の後宮に入るので紫の君の立場である。とにかく川端氏の卓見は「月に紛う花」の美意識が、祐子・禖子両内親王家サロンで培養された可能性を示したことであろう。
（22）前掲三角洋一『堤中納言物語全訳注』に指摘がある。
（23）下鳥朝代「「虫めづる姫君」と『源氏物語』北山の垣間見」（北海道大学「国語国文研究」94、平成5〈一九九三〉年7月）
（24）久下『狭衣物語の人物と方法』（新典社、平成5〈一九九三〉年）「平安後期・末期物語の方法」

(25)鈴木一雄〔主要参考文献〕②
(26)寺本直彦〔主要参考文献〕③「「はなだの女御」における前栽合の投影」
(27)長谷川政春「物語の夜・物語の昼―『堤中納言物語』序説―」(『東横国文学』21、昭和64〈一九八九〉年3月)
(28)吉海直人『平安朝の乳母達―『源氏物語』への階梯―』(世界思想社、平成7〈一九九五〉年)「『堤中納言物語』の乳母達」。なお同論考には若紫巻からの引用が多いとの指摘もある。
(29)井上新子〔主要参考文献〕⑩「「冬ごもる」断章と『堤中納言物語』―四季の「月」と『狭衣物語』の影―」
(30)『伊勢物語』二十三段と密接な関連がある物語で、高安の女をも含めて夕霧物語との関係を指摘する安藤亨子『物語そして枕草子』(おうふう、平成14〈二〇〇二〉年)「源氏物語夕霧巻をめぐって」や大井田晴彦「夕霧の幼な恋と『伊勢物語』二十三段」(『人物で読む『源氏物語』十六―内大臣・柏木・夕霧』(勉誠出版、平成18〈二〇〇六〉年)が注目される。
(31)大倉比呂志『物語文学集攷―平安後期から中世へ―』(新典社、平成25〈二〇一三〉年)にある大人の世界が〈遠景化〉されているという指摘が、ここで活きる。
(32)三角洋一前掲『堤中納言物語全訳注』(二五〇～一頁)
(33)井上新子〔主要参考文献〕⑩「『はなだの女御』の執筆意図―敗者へのまなざし―」。また同著「『はなだの女御』と一条朝―花の喩えとモデルとの連関―」も考察に加える。
(34)阿部好臣「物語の視界50選　はなだの女御」(『解釈と鑑賞』昭和56〈一九八一〉年11月)
(35)寺本直彦〔主要参考文献〕③「「ほど〳〵の懸想」物語と「あらばあふよのとなげく民部卿」物語―後朱雀院後宮和歌との関連など―」
(36)この指摘は既に萩谷朴『平安朝歌合大成四』にみえる。
(37)井上新子〔主要参考文献〕⑩「「冬ごもる」断章の表現史的位置」を参照。

六条斎院禖子内親王家「物語合」の復原

――『後拾遺和歌集』の詞書の再検討を通して――

横溝　博

一　はじめに――先行研究と本稿のねらい

天喜三年（一〇五五）五月三日庚申の夜に開催された六条斎院禖子内親王家歌合「題 物語」（『廿巻本類聚歌合巻』に拠る。以下『廿巻本』と略す。なお本歌合については「物語合」と称す）の開催時期及びその内容、歌合としての趣向等については、萩谷朴氏[注(1)]、堀部正二氏[注(2)]、松尾聰氏[注(3)]、小木喬氏[注(4)]、鈴木一雄氏[注(5)]、樋口芳麻呂氏[注(6)]、井上眞弓氏[注(7)]、稲賀敬二氏[注(8)]、神野藤昭夫氏[注(9)]、永井和子氏[注(10)]、久下裕利氏[注(11)]、中野幸一氏[注(12)]らによって、復原的な考察が積み重ねられ、さらに近時では、こうした研究史を総括するような論考もが発表されて[注(13)]、考え得る限りの論は、今日までにほぼ出尽くした感がある。物語の作中歌を番えるという「歌合」としての行事次第ばかりでなく、物語そのものを合わせる「物合」としての趣向をも想定し、物語内容もさることながら、物語冊子（巻子本もあったか）の装丁も当座の鑑賞・批評の対象になったであろうと説かれる。果たして「物語合」が実際どのように催行されたものなのか、開催場所・人員をも考慮に入れた上での具体的な復原案が、想像も交えて、先学により様々に提示されてきた。

一方、これら「物語合」の行事内容を復原しようとする方向とは角度を変え、根拠となっている資料そのものの編纂意図を闡明しようとする研究もある。『廿巻本』の記録を、「物語合」を復原するための〈資料〉として扱うのではなく、これを積極的に一つの〈テクスト〉と見なすことで、紙上に書かれた編纂物として、「題 物語」なるテクストのもつ虚構性を明らかにしようとするものである。注(14) もとより文献学的な見地からは、『廿巻本』の構成そのものについて広く検証した結果、当時「物語合」が通常の歌合・物合とは異なる催しとして認識され、『廿巻本』に記載されたであろうことが考証されている。注(15) 行事内容を復原するにせよ、『廿巻本』に基づくのであれば、まずは編纂物としてある『廿巻本』そのものの構成なり編集方針なりを、客観的に明らかにすることが先決との見方は首肯されよう。とはいえ、斎院文化圏なり藤原頼通の文化世界なりを追尋しようとするとき、「物語合」について、その開催実態を明らかにしたいとする志向は当然のものであり、今日においても議論が尽きないところである。

本稿は、それら「物語合」に関わる先学の驥尾に付し、現在の研究状況を踏まえた上で、なお指摘し残されていると思われる点について補足的に述べ、後考に備えることを目的とする。主として、これまで『廿巻本』の副次的な資料として捉えられる向きが多かった『後拾遺和歌集』(以下『後拾遺集』)の歌と詞書の内容にあらためて着目し、『後拾遺集』撰者の興味関心に即した見地から、「物語合」復原に資すると思しき情報を、さらに引き出すことを試みる。その時、歌合の「故実」と「伝統」との関わりから、「物語合」のあらたな側面が浮かび上がってくることであろう。次いで、開催実態の復原を目指すことを念頭に、「物語合」がそもそも何を主眼として行われた行事であったかを考察する。その際、当夜提出された十八編の物語の題号が、有力な手掛かりを与えてくれるはずである。

二 「小弁遅く出す」について——歌合故実との関わりから

さて、『後拾遺集』に記載された「物語合」関連歌は次の三首である。

六条前斎院に歌合あらむとしけるに、右に心寄せありと聞きて、小弁がもとにつかはしける
小式部

A あらはれて恨みやせましかくれ沼のみぎはに寄せし波の心を

返し
小弁

B 岸とほみただよふ波は中空に寄るかたもなきなげきをぞせし

五月五日、六条前斎院に物語合し侍りけるに、小弁遅く出すとて、方の人々こめて次の物語を出し侍りければ、宇治の前太政大臣、かの弁が物語は見どころなどやあらむとて、異物語をとどめて待ち侍りければ、岩垣沼といふ物語を出すとてよみ侍りける

C 引き捨つる岩垣沼のあやめぐさ思ひしらずもけふにあふかな

（巻十五・雑一・八七三、八七四、八七五）

いま仮にＡＢＣと振ったが、ＡとＢの贈答歌については、これが「物語合」に際してのものであるのかどうか、なお判断を留保する向きもある。注(16)たしかにＡＢ歌の詞書には「歌合」としかなく、Ｃ歌は詞書に「物語合」とあって、『廿巻本』にも見えるものの、ＡＢ歌については他出は見つかっていない。しかし、歌合開催を前に、右方を小弁がひいきしているとの噂を聞きつけた小式部（左方であろう）が、小弁を牽制し、自陣（左方）に引き込んだ背景を見とれば、「物語合」で両者とも左方であることと符合するのであり、これらＡＢ歌を「物語合」開催前のやりとりと見ることも可能であり、「物語合」の準備段階における舞台裏を伝える逸話として興味深いものとなる。その上、続けてＣ歌があることから、ＡＢＣ歌を通じて、これが「物語合」に参加する小弁をめぐる逸話であるなら、三首連続しての掲出に、『後拾遺集』撰者の意図を認めることができるであろう。事実はともかく、ＡＢＣの連続性においては、むしろ、そのように解した方が適切かと思われる。

ところで、一般に、Ｃ歌は、小弁がその文芸の才を、宇治の前太政大臣・藤原頼通に認められていたことを伝える、小弁の面目躍如たる話として理解されている。が、何もこれは、小弁一人を持ち上げた逸話というにとどまらないであろう。ＡＢＣ歌を連続した歌群と見なす立場からすれば、Ａ歌に見るように、巧みな詠歌で小弁を左方に誘引し、味方につけることに成功した（と思われる）小式部の才覚もが見どころである。このようなやりとりを交わすほど、小式部と小弁が昵懇の間柄であったことは、同じく雑一にあるもう一組の贈答歌（八六二、八六三）から窺える。それが前提ともなって、ＡＢ歌では、意思の疎通し合う、懇意な二人の関係性が浮かび上がってくる。ＡＢＣが果たして同一の資料から出るものであったのかどうかは定かでないが、注(17)ともあれ、歌合開催に際しての女房たちの雅なやりとりに、『後拾遺集』撰者（藤原通俊）が興味をそそられ、撰歌に至ったであろうことが想像される。奇しくも三首とも「沼」や「波」といった水に関わる歌ことばを用いていて、趣向が共通していることも、まとめて配列された要因とはなっていよう。

左か右か、どっちつかずで中空に漂うような有り様であった小弁が、小式部の巧みな誘いかけもあって、左方の一員として、「歌合」すなわち「物語合」に参加することを得たのであった。しかしながら、本番当日、危うく物語を提出しそびれそうになったところ、頼通の配慮によって面目を果たした小弁が、安堵と感謝の気持ちを歌にする（歌末「かな」には安堵の気分が色濃く表れている）――。このように、右顧左眄しつつも、周囲の厚遇もあって、作品を提出し得た小弁の物語として、ABCの歌群は連続して読むことができよう。原資料のかたちはどうあれ、撰者の意図としては、「物語合」のC歌に収斂するように三首を配列したのである。頼通時代を代表する文藻豊かな女性歌人たちによる、才智に長けたやりとりが、じつに印象的な逸話である。

ところで、ABC歌が載る『後拾遺集』の雑部の歌については、詞書の長さに特徴があり、[注(18)]これが歌にまつわる説話趣味的傾向に発するものであることが、和歌文学研究では指摘されている。[注(19)]歌はもとより、詠歌事情の伝達に並々ならぬ意欲を示していると看取され、[注(20)]詠歌の場に密着した詠みぶりの歌が、雑部にはとくに集められているとする。[注(21)]ABC歌も、そうした撰者の興味関心のあり方と大いに関わるというべきであろう。また、雑二部についてであるが、撰歌された歌が多く贈答歌（もしくは贈答歌が詠み交わされるべきシチュエーションにおいて詠み送られた歌）であることも、併せて指摘されている。[注(22)]このような『後拾遺集』撰歌の傾向は、ABC歌にもみとめられる。ABが贈答歌であることは一目瞭然だが、C歌も、

『廿巻本』に徴すれば、中宮の出羽の弁の歌[注23]「君をこそ光とおふにあやめぐさ引き残す根をかけずもあらなむ」との贈答歌として記録されているからである。この出羽の弁の歌が、「物語合」席上のものか、後のものか定かではないが、[注24]『後拾遺集』撰者は、AB歌との歌語の共通性もさることながら、詠歌の場に即した小弁の歌をとくに撰んだものであろう。原資料のかたちは定かでないものの、『廿巻本』の情報と『後拾遺集』の情報はたしかに補完し合う関係にあるといえ、[注25]『後拾遺集』の長文の詞書は、『廿巻本』の摘記では窺い知れない、「物語合」における人々の動静をリアルに伝えていて貴重である。

以上を確認した上で、さらに『後拾遺集』の撰歌の意図を、とくにC歌について探りたい。

先述のように、C歌の詞書からはじつに様々なことが読みとれる。提出が遅れながら（あるいは提出のタイミングを逃しながら）頼通をして待たせた小弁の才能と、小弁びいきの頼通という関係が焦点化され、その頼通はといえば、参加している女房たちの気質や才能を熟知した上で、「物語合」の場をとり仕切り、差配していることが想像できてこよう。近時、「頼通文化世界」[注26]と評されるように、文化的行事を催行し、後見する頼通の眼がここでは光っている。そのような文事の支配者としての頼通の姿、および頼通の肉声[注27]をもこの詞書は伝えている。加えて、これは『岩垣沼』物語という、「物語合」以後、好評を博したであろう作品の誕生秘話としてもある。[注28]さらに、自作を提出し得た喜びを伝える小弁の歌は、「岩垣沼のあやめぐさ」というように、自作の題号にちなんで秀逸であり、藤原俊成『古来風躰抄』、そして藤原定家『定家八代抄』が、詞書ともども当歌を秀歌として撰んでいるのも肯ける。

以上、C歌の詞書から読みとれる情報を、最大限列挙してみたのであるが、あらためて述べるまでもなく、この逸話を支え、小弁の歌を引き出す上で要諦となっているのは、「小弁の提出の遅れ」という一事である。ただ、これを、先述のような『後拾遺集』撰者の興味関心という次元から見るとき、これは小弁が自分の番に遅れながら、頼通の口添えによって、かろうじて作品を提出し得たという顛末にのみ、撰者の興味関心が向けられているわけではないと思われる。これが頼通の立ち会いのもとで行われた（さらには斎院という場で行われた）、じつに公的な行事の場での出来事であることを踏まえれば、遅れて出した、というところに意味がもとめられるのではないか。じつのところ、この小弁の提出の遅れというトピックスは、小弁が左方であることとも相俟って、歌合の故実と関わりがあるように見られるのである。

後世、歌合の規範ともなった『天徳四年内裏歌合』（以下『天徳歌合』）は、あらためて縷説するまでもなく、晴儀の歌合として、その行事次第が参照され、模倣されもした、村上朝を記念する歴史的イベントである。その行事次第は、付属する天皇の御記、蔵人の漢文日記、女房らによる仮名日記等に鮮明に記録されている。行事次第がほぼ時系列で記される中、人員の構成から会場の配置、女房や童をはじめとする、左右それぞれの方人たちの衣裳の趣向から、州浜や員刺といった小道具の造作にいたるまで、その記録は再現可能なほど委細を尽くしている。その仮名日記に、歌合当日、左方の州浜の提出が遅れたことが、次のように記録されている。

・日のうち傾いて、ものの色見ゆるほどにて、いとめでたし。かかるに、左遅く参るとて、主殿頭平時経を召して、遅しと責めさせ給ふ。なほ遅ければ、蔵人平珍材を召して、責めさせ給ふ。ただ今進らすと奏す。かかるほどに、日いといたく暮れぬ。又、蔵人藤原重輔を召して、遅きよしを仰せ給ふ。もののさまも見えぬほどに、州浜奉る。（仮名日記甲）

・かくて、日の気色晴れて見ゆるほどに、歌ども遅しと召す。左のは遅ければ、まづ右のを奉る。…（中略）…左の歌、黄昏時に奉る。（仮名日記丙）

申の刻に開始された歌合の行事は、歌の提出に際して、本来左方から出すところ、遅れるというので、右方の州浜を先に搬入したのだという。天皇からの再三の催促の末、左方が州浜を出すにいたったころには、日がすっかり暮れていた（仮名日記甲）。せっかく趣向を懲らした豪奢な州浜も、日が暮れてしまってはよく見えず、形なしであったことであろう。

もちろん、この左方の搬入の遅れは何らかの事情があってのことであり、いってみれば単なるハプニングに過ぎなかっただろうが、萩谷氏が、「天徳歌合において、左方の搬出が遅れてやむなく右方を先にしたところ、後世、それが故実であるかの如き因習を生じ、わざと右方を先にする事例もあった。注(29)」（一五～一六頁）と説いたように、この『天徳歌合』を規範と仰ぐ後代の歌合においては、左方を遅く出すことが歌合の故実として模倣されもしたのである。白河天皇の承暦二年（一〇七八）四月二十八日『内裏歌合』は、『天徳歌合』の踏襲いちじるしいことで知られるが、その「殿上日記」は、当日の行事次第を次のように記している。

歌、右方、直自侍方、(ア)昇文台、立御前…（州浜の造作略）…次供灯。…（造作略）…次左方、(イ)待催、先進奏。…（後略）

傍線部（ア）について、萩谷氏は、「和歌文台の州浜を右方が先ず搬入することは天徳歌合（三）の先例を形式的に模倣した。」（一九八頁頭注一〇）と説き、傍線部（イ）についても、「左方が督促されてから和歌の奏を進めるということも天徳歌合（三）の先例による。」（一九九頁頭注一四）と説いた。また、頼通の時代の天喜四年（一〇五六）四月三十日『皇后宮寛子春秋歌合』では、右方の文台等を先に搬入しているわけだが、これについても萩谷氏が、「右方が文台や員刺の州浜を先ず提出したのは天徳歌合（三）の例に倣ったものであろう。」（一八〇頁頭注二）と注したように、左方の遅れという事態も、後の晴儀歌合においては、故実としてしばしば模倣されたのである。あるいは提出の遅れというハプニングもが、村上朝聖代の文事的風雅を彩る一コマと、後世、捉えられたのでもあろうか。

このように、『天徳歌合』における左方の提出の遅れという出来事は、『天徳歌合』の行事次第が、後代、晴儀歌合の範型となるに及んで、踏襲すべき行事次第の一部として組み込まれ、模倣されるにいたった。踏襲しないまでも、歌合故実の一つとして、『天徳歌合』における左方の遅れという一事は、後世まで記憶された出来事であったに違いない。いま、このことと、「物語合」における小弁の提出の遅れという事態を考え合わせるならば、偶然か否かは措くとしても、小弁の提出の遅れは、奇しくも歌合の故実に適った出来事となろう。もし、これがいわれるように、小弁の「トラブル」か「手抜かり」[注(30)]であったのであればなおのこと、歌合故実との予期せぬ重なり合いが、ある種の感興を惹起したのかも知れない。当座はともかくとして、少なくとも、『後拾遺集』撰者である藤原通俊は、この小弁のエピソードに歌合故実との偶合をみとめ、説話趣味を大いにかき立てられ、長文の詞書にしたためたという次第ではなかったか。なお、小弁が左方であることは、C歌に直截の記載はないものの、AB歌に記される小式部と右近のやりとりからの流れで読む時、自ずと分かる仕組みであろう。このような理由からも、ABC歌は、「物語合」にまつわる一連の歌群として理解するのが、適切かと思われるのである。

以上、述べてきたように、C歌の逸話は、小弁が提出に遅れたにも関わらず、頼通の特別な配慮でことなきを得たという点だけに、撰者の興味関心の的があるのではなく、これが歌合故実にかなった出来事であったということもまた重要な点であろう。このように解釈する余地は、「物語合」じたいにも存する。既に説かれているように、[注(31)]『廿巻本』を閲すれば、この「題 物語」なる歌合に提出された物語歌そのものが、開催時期はややずれるものの、『天徳歌合』の歌題構成（季節題＋人事題）を先例として意識していることが見てとれる。そればかりでなく、先行する六条斎院歌合をも踏まえていることから、『廿巻本』に徴する限り、これが「物語合」という、先例のない新奇な趣向を構えたものでありつつも、歌合の伝統を踏まえた、公的で格式のあるイベントとして企画され、催行されたであろうことが窺われるのである。そのことは、頼通の臨席（源師房も陪席していたか）をはじめとして、六条斎院家以外にも、中宮の出羽の弁や祐子内親王家に仕える小弁など、当代の名だたる女房たちが、多く参集していることからも裏付けられよう。

そのような、ある種の緊張感をもはらんだ晴儀の場であったからこそ、C歌にあらわれているように、頼通のお声掛かりによる作品提出という僥倖を得た小弁の感激は、ひとしおであったであろうことが想像される。提出の遅れというピンチも、結果的に見れば、風流な出来事として、小弁の賞賛に一花添えることとなったのである。そういえば、かつて松尾聰[注(32)]氏は、『廿巻本』「題 物語」に附記される四首（二組）

の贈答歌について、「四首がわざ〳〵記しのこされてゐるのであるが、これはこの四首が歌として価値あるためといはうより、この四首を以てこのセンセイショナルな事件を備忘しようとしたのだと考へるべきであらう。」（三二一頁）と述べていたが、このような意図は『後拾遺集』撰者も、ある意味、共有していたに相違ない。「物語合」をめぐるじつに様々なドラマが、『後拾遺集』の当該詞書には織り込まれているとみて過たないであろう。

三　「物語合」の趣向――題号の謎解きの愉悦

以上、長文の詞書から読みとれる情報について、主として『後拾遺集』撰者の興味関心という次元から深入りし、考察してみた。ところで、この「物語合」なるイベントが、実際にどのように催行されたかということをめぐっては、第一節で述べたように、今もって本研究における最大の関心事の一つであるといえよう。もちろん、『廿巻本』の記録が、厳密な意味で、どこまで当該イベントの復原に資するものであるのか、不安がないわけではない。しかし、『栄花物語』の短い禖子内親王関連の記事に、わざわざ「物語合」開催のことが明記されていることからすれば、これが都合二十数度開催された六条斎院歌合の中でも、記録に値する出色のイベントであったと、『栄花物語』編者に記憶されていたことはたしかである。後代にまで記憶されるべき六条斎院の風雅な営みとして、『栄花物語』は記述し、そして『後拾遺集』撰者も取材したという次第であったろう。こうした事実に鑑みれば、「物語合」なるイベントの実態解明に向けて、想像力を働かせ、考究することの意義は少なくないといえる。

開催日については、五月三日か五日か、あるいは両日にまたがるのか、イベントの内容とも絡んで意見が分かれるところであるが、「物語合」の内実については、歌ばかりでなく、物語の内容そのものが披露されたであろうことについては、諸家とも概ね意見の一致を見ているといえる。たとえば、かつて樋口芳麻呂氏[注(33)]は、同日の「物語歌合」に先立って「物語合」が行われたと推定し、「物語合」は「外見的なことを中心とするものではなかったか」（三五六頁）と説いた。一方、鈴木一雄氏[注(34)]は、「絵より物語そのものに興味が移っている当時、表紙、絵、文字、巻紙、軸、紐といった装幀はとにかく、なんといっても内容自体が物をいったであろう。」（一〇九頁）と述べた上で、

> やはり現存の歌合は付随と見るべきであり、物語内の秀歌を合せるといっても、物語自体が知られなくては趣向とはいえない。作品は読んで番えたのである。（一〇九頁）

と断じ、「物語合」をより重視した。そして、中野幸一氏[注(35)]は、「物語合」の具体的様相について、「物語披露の具体的な方法が全く分からないのが残念」（五六頁）としながらも、順序通り一番二作品ずつ、物語の内容が読み上げられたと考えた上、

> 十八編の物語をすべて読み上げていてはとうてい時間が足りないであろう。中・長編の物語は物語の内容を要約して披露したのではなかろうか。（五六頁）

と臆測し、「物語合」の現場について具体的に説いてみせた。その上で、中野氏は、

当時の「物語合」は歌合の形式に倣って左右に分けて対峙したものの、実際には物語の披露が目的で、勝負の競いはしなかったと思われる。当座の讃嘆や批評の声は出たであろうが、歌合の判詞のような形での批評はなかったであろう。（五七頁）

と、「物語合」に遊戯性をみとめるのであるが、これが実態に近いかと思われる。

このようにいくつかの先行論によって、「物語合」の概要は説かれているものの、提出された物語について、具体的にどのような議論が交わされたのか、その中身についてはといえば、さほど例示的に述べられてきてはいないのが現状である。提出された作品の規模にもよろうが、たとえば、唯一現存している小式部作『逢坂越えぬ権中納言』を例として考えた場合、当座、この物語はどのようにして話題にされたのであろうか。周知のように、この物語は歌合の場を意識して新作されたものであった。注(36)作中に場面化された根合のイベントにおいて、左方が勝利しているというように、これは虚構の物語をして、披露の場の空気を、小式部が属する左方に有利に導こうとする目論見の元、創作されたのであることは疑いない。ただ、果たしてこうした趣向が、「物語合」の現場で、実際どのように作用したであろうか。奏功したとしたら、それはどのような議論の末のことであったろうか。中野氏が述べているように、勝負の競いはなかったとしても、左右別れての結番であることからすれば、これが勝負事であるという建前はあったに相違ない（あたかも『源氏物語』「絵合」巻で展開されるような、論難を演じるような場があったと想像したい）。そのよう

な勝負の場が醸し出す緊張感は、『後拾遺集』のC歌の詞書からも窺知されるところである。

実際に作品が提出された場を想像するとき、左右の勝負の的となったのは何か。物語に何が期待され、それが物語の披露によって、どのように変化したのか。結果、物語に対してどのような裁定（評価）が下されたのか。それこそ、具体的にともなれば、『源氏物語』「絵合」巻の場面ではないが、一番毎の復原的解釈が求められるであろう。このことについて、本論では、提出された物語の題号にこそ、事態解明のヒントが隠されていると見て、以下臆見を述べたい。

これも既に説かれているように、「物語合」に提出された作品の題号の多くが、和歌的表現に人物名がプラスされた特異なものである。例外もあるにせよ、それは左右の作品提出の方針の問題というべく、左方はとくに『霞隔つる中務宮』以下、九編すべてが「和歌的表現＋人物名（官職名）」で一貫しているのは、当初よりそのように揃えるべく、打ち合わせてあったことによるであろう。注(37) 一方、右方においては、同種の題号は四編にとどまり、他は『よそふる恋の一巻』『淀の沢水』『浦風に紛ふ琴の声』『蓬の垣根』『言はぬに人の』といった、様相の異なる題号が混在している。いずれにしても、これらの題号が、当時において斬新な命名であったことは確かであり、「物語合」では、これら題号からして議論の焦点となるべく、仕組まれていたと考えるのが妥当であろう。それでは、このような特異な題号を足がかりに、「物語合」の実態はといえば、どのように復原されてくるのであろうか。

「物語合」に提出された十八編の物語については、唯一現存する『逢坂越えぬ権中納言』を除いては、すべて散逸してしまっている。それゆえ、題号についての議論は、ややもすると「物語合」の考察からスライドし、個々の物語の復原考証に向かいがちであった。だが、題号の問題を、あくまで「物語合」の考察の枠内で考える時、題号そのものが、今日、まさに物語の復原をめぐって思考される時と同じように、「物語合」の場においても、物語内容をめぐって参加者の想像を喚起させるべく、〝仕掛け〟として、いのいちばんに提出、披露されているのではないか。まさしく神野藤氏[注(38)]がいうように、「主人公のおかれた状況や心情あるいは物語内容を示唆するというメッセージ性の高い命名の方法」（一八五頁）であり、「主題的題号」（一七五頁以下）と呼びうるものであることからして、題号は「動かしがたいテキストの一部」（一八六頁）として存在し、物語内容の披露に先立って議論の焦点となったに相違ない。つとに、中野氏が、物語歌合についての説明のくだりではあるが、「一座は目新しい物語名の歌が被講されるたびに、物語の内容を想像し合ったり、説明を求めたりして、楽しく夜を明かした。」（五六頁）と説いたように、題号から想像される物語内容に対して、実際の物語はどうなっているのか、いわば題号をめぐる〝謎解き〟に満座の関心は集まったであろう。これが未知の作品であればなおのこと、このような新奇なイベントの醍醐味は大きくなるに違いない。

このように、題号そのものが、「物語合」における話題提供の重要なポイントであることについては、物語内容の復原にも関わって、縷々説かれているところである。井上新子氏は、一番左の『霞隔つる中務の宮』の題号をめぐって、次のように述べている。[注(39)]

「霞へだつる」という題号にはじめて接した読者たちは、その和歌的知識からどのような内容なのか思いを巡らしたにちがいない。作者はこの両様の意味（不遇さと不如意の恋——筆者注）を基盤に、物語を構想していったのではないか。題号をどう展開させるのかという点にも作者の工夫のしどころがあったのではないかと思う。先行の物語や和歌の発想を媒介に、作者の想像力と読者のそれとの交歓が成立するという側面がこの時代の物語には存したのではないか。

（三〇四頁）

まさに示唆に富んだ説明であり、的を射ているといえよう。なお、右の文中、「読者」ということばを、「物語合」の「参加者」と置き換えてみてもよく、まずは題号をめぐって、参加者相互の交歓の雰囲気が作られ、ひとしきり物語内容に想像をめぐらしたあと、次いで物語内容が披露され、想像する物語世界との差異をポイントに、物語の出来栄えの善し悪しが批評されたのであろう。

いま試みに、物語内容が明らかな『逢坂越えぬ権中納言』を例にとって、ささやかながら「物語合」の場の復原をしてみることとしよう。

まず、左方から小式部作として、『逢坂越えぬ権中納言』の本が、題号の宣言とともに提出される。一同は、まずは本の装丁に目を楽しませ、嘆声をもらしたりした。と同時に、「逢坂越えぬ」というフレーズが耳に止まった右方は、このフレーズが冠せられる「権中納言」の物語を想像し、注(40)おそらくは主人公である権中納言の不如意な恋の物語であろうと見当を付けた上、口々にストーリーについて臆測を述べ合う。一線を越えようとして越えられない権中納言の切ない恋の物語。それでは、権中納言の不如意な恋の相手とは誰であるのか、またその恋が一線を越えないというのはどうしてなのか。それは状況が許さないのか、それとも権中納言の引っ込み思案な性情によるものなのか、はたまた女君の拒絶によるものなのか――等々の予想が、『源氏物語』をはじめとする先行物語に関する豊かな知識をも動員して立てられ、ある者は構想にまで踏み込んで、物語の全体像を前もって想像し、形作ろうとする。内容を知っている左方は、右方の好き勝手な復原案を聞いて、してやったりとほくそ笑み、時には、本作を上回らんとするような、見事な構想が示されて、冷や汗をかいたりする。そして、いよいよ、では正解を、といわんばかりに物語内容の披露と相成るわけだが、[注(41)] 満を持して提出された物語が、意想外な（素晴らしい）内容であるのか、それとも想像の範囲に止まる（陳腐な）ものであるのか、趣向のほどが競い合われた。さしずめ、『逢坂越えぬ権中納言』においては、根合の場面からはじまることが、時節に相応しい場面として評価されたであろうし、後半の不如意な恋の相手が、斎院をも想起させるということで、まさに主催者であるところの、禖子内親王その人の歓心を買ったかもしれない。もちろん、小式部は物語作者である前に歌人であった。ゆえに作中歌の表現やレトリックについては、とくに議論の的になったことであろう。大方意見が出尽くしたところで、最後にはこの場を取り仕切り、主審をも務めたであろう頼通が口を差し挟むかたちで、左右の議論を取りなし、勝負はつけないまでも、作品に対して何らかの裁定をする。場合によっては、物語内容について改作・長篇化のアドバイスもしたであろうか。

　このようにして、左右交互に物語が提出され、遊戯的雰囲気の中、イベントは和やかに進められた。晴儀歌合としての規模を備えたこの優雅な催しは、その遊戯性をもって世間に喧伝され、まさに『栄花物語』に「いとをかしかりけり」と記されるような評判を、当時からものにしたことであろう。

四　おわりに

以上、本論では、『後拾遺集』の詞書の再検討にはじまり、「物語合」の開催実態にまで論が及んだ。

『後拾遺集』の詞書に見る小弁の提出の遅れは、奇しくも歌合の故実に適った出来事でもあったゆえに、『後拾遺集』撰者の興味関心を引いたのでもあったこと、「物語合」は、新作の物語の内容そのものについての披講もさることながら、参加者の興味が集まり議論の的となったのは、何はさておき「歌ことば＋人物名」に代表される題号の謎解きであったのであり、物語内容が大方の予想を裏切るような出色の出来栄えであったかどうかという点に評価軸が置かれたこと、以上の二点を指摘した。先行論の驥尾に付しつつも、新しい考察を付け加えることができたかと思う。それは必ずしも、先行論を覆したり、「物語合」の理解について大きく軌道修正を迫るような発見ではないが、一次資料の限られた中にあって、「物語合」の実態解明もさることながら、「物語合」の記憶が、後世にどのように受容され、逸話としてあらたに記録されるにいたったか、「物語合」をめぐる当時の人々の関心のあり方を探る上で、いささかの手掛かりを提供するものとなったのであれば幸いである。

ともあれ、本論でも試みてきたように、いまは「物語合」考察のための一次資料および享受資料を丹念に分析することから、研究状況を整理し直し、もう一度、「物語合」「物語歌合」とは何であったのかを問い直すことで、開催実態についてあらたな復原を試みる時期にあるといえる。そうするに見合うだけの課題は、まだ残されている。注(42)

※本稿における「物語合」の本文の引用は、萩谷朴『平安朝歌合大成［増補新訂］二』（同朋舎出版、一九九五年）により、それ以外の和歌本文については、『新編国歌大観』（角川書店）による。

注

（1）萩谷朴「廿巻本類聚歌合巻の研究」（『短歌研究』一九三九年二月）、萩谷朴『平安朝歌合大成』（全一〇巻・一九五七～一九六九年）

（2）堀部正二「堤中納言物語成立私考」（『文学』一九三九年二月）

（3）松尾聰『平安時代物語の研究』（東宝書房、一九五五年）の一七「玉藻に遊ぶ権大納言の物語」以下の諸論

（4）小木喬『散逸物語の研究　平安・鎌倉時代編』（笠間書院、一九七三年）の第一章第二節の五「六条斎院物語合」

（5）鈴木一雄『堤中納言物語序説』（桜楓社、一九八〇年）のⅡの「『逢坂こえぬ権中納言』について―作者と成立―」及びⅢの「六条斎院家物語合の作者たち」

（6）樋口芳麻呂①『平安・鎌倉時代散逸物語の研究』（ひたく書房、一九八二年）の第三章第一節「『六条斎院物語歌合』」、同②「物語歌合と物語歌集」（『和歌文学論集3 和歌と物語』風間書房、一九九三年、所収）、同③「小弁が物語は見どころなどやあらむ」（『論叢 狭衣物語2 歴史との往還』新典社、二〇〇一年、所収）

（7）井上眞弓「六条斎院物語合」（三谷榮一編『体系物語文学史 第三巻』有精堂、一九八三年、所収）

（8）稲賀敬二『源氏物語の研究―物語流通機構論』（笠間書院、一九九三年）の第一部の一五「堤中納言物語をめぐる二、三の問題―物語享受の一形態・仮説―」、同「解説」（『新編日本古典文学全集 落窪物語・堤中納言物語』小学館、二〇〇〇年、所収）

（9）神野藤昭夫①『散逸した物語世界と物語史』（若草書房、一九九八年）のⅢの8「斎院文化圏と物語の変容」（初出一九七四年）、同②「天喜三年六条斎院歌合「題物語」考―その開催期日および開催形式と物語との関係について―」（中野幸一編『平安文学の風貌』武蔵野書院、二〇〇三年、所収）、同③『知られざる王朝物語の発見 物語山脈を眺望する』（笠間書院、二〇〇八年）の第五章「物語文化山脈の輝き」、同④「王朝文学のなか

の「六条斎院禖子内親王家歌合題物語」の問題を俯瞰する」（後藤祥子編『平安文学と隣接諸学6 王朝文学と斎宮・斎院』竹林舎、二〇〇九年、所収）

（10）永井和子「『六条斎院物語歌合』―物語と作者の関係―」（『和歌文学論集5 屏風歌と歌合』風間書房、一九九五年、所収）

（11）久下裕利『王朝物語文学の研究』（武蔵野書院、二〇一二年）の第Ⅰ部第一章「民部卿について」（初出一九九九年）

（12）中野幸一「六条斎院禖子内親王家の「物語合」について―その発見時の成果の再吟味―」（『桜文論叢』51巻、二〇〇〇年八月）

（13）井上新子『堤中納言物語の言語空間 織りなされる言葉と時代』（翰林書房、二〇一六年）のⅢの第六章「天喜三年の「物語歌合」と「物語合」」
久保木秀夫「天喜三年「六条斎院禖子内親王家」物語歌合・私見」（和田律子・久下裕利編『考えるシリーズⅡ 知の挑発③ 平安後期 頼通文化世界を考える―成熟の行方』武蔵野書院、二〇一六年、所収）

（14）横溝博「「物語合」虚構論―十九番目の物語―」（横井孝・久下裕利編『平安後期物語の新研究 寝覚と浜松を考える』新典社、二〇〇九年、所収）

（15）山本登朗「類聚歌合巻第八斎院部の改編と禖子内親王物語歌合」（国文学研究資料館編『特別展示 近衛家陽明文庫 王朝和歌文化一千年の伝承』勉誠出版、二〇一一年、所収。↓『陽明文庫王朝和歌集影』勉誠出版、二〇一二年、所収）

（16）前掲注（6）樋口論③は、ABを「物語合」より後に開催された別の歌合の際のこととし、前掲注（13）久保木論は樋口論に首肯し別のものと論じる。なお前掲注（12）中野論は、小式部のA歌に「かくれ沼」とあるのは、小弁作『岩垣沼』を暗示しているとし、『岩垣沼』が新作物語でないことの根拠とする。樋口論も同様の修辞を指摘するが、物語歌合に『岩垣沼』が提出されたことを踏まえるとするように、ＡＢとＣの前後関係については理解が異なる。
(17) 前掲注（6）樋口論③は、当時、『小弁集』が存在していたと説く。
(18) 山之内恵子「『後拾遺集』の詞書をめぐって」（『文藝論叢』14、一九七八年三月）
(19) 武田早苗「後拾遺集の詞書をめぐって」（『中古文学』39、一九八七年五月）
(20) 前掲注（19）武田論を参照。
(21) 松本真奈美「後拾遺和歌集雑部に関する試論―雑歌の分類意識をめぐって―」（『国文』68、一九八八年一月）
(22) 前掲注（21）松本論を参照。
(23) 前掲注（6）樋口論①③は、出羽の弁ではなく、小弁と同じ左方の女房で、まだ物語を提出していない者（出雲・小式部・小左門）の誰かとする。
(24) 前掲注（9）神野藤著書①のⅢの10「散逸物語『岩垣沼の中将』の復原」は、これを頼通の要請による詠歌とする。
(25) 前掲注（9）神野藤論を参照。
(26) 和田律子『藤原頼通の文化世界と更級日記』（新典社、二〇〇八年）、和田律子・久下裕利編『考えるシリーズⅡ　知の挑発③　平安後期　頼通文化世界を考える―成熟の行方』（武蔵野書院、二〇一六年）を参照。
(27) 前掲注（6）樋口論③が、頼通の肉声と解されることを指摘する。
(28) 『岩垣沼』のエピソードが『後拾遺集』に採られた別の理由としては、『後拾遺集』が勅撰集では初めて雑六に神祇の部立を設けたことと関わるかと臆測される。『岩垣沼』の逸文資料として『風葉集』に採集された四首の歌が存在するが、これらの歌のうち二首は『風葉集』巻七・神祇部に収められている。「物語合」提出作品で『風葉集』に歌を採られている作品のうち、神祇部に採歌されているのは『岩垣沼』だけである。神祇的かつ神妙な場面を有することも『岩垣沼』の特色であったと思われ、こうした作品の傾向が、『後拾遺集』撰者の興味関心とマッチして、注目されることとなったのではないか。

(29)『日本古典文学大系　歌合集』(岩波書店、一九六五年)の萩谷朴氏による「解説(古代篇)」、また「古代篇」本文の頭注欄を参照。以下、萩谷氏の言及については同書による。

(30)前掲注(9)神野藤論③を参照。

(31)前掲注(14)横溝論を参照。

(32)前掲注(3)松尾著書の二〇「岩垣沼の中将の物語」

(33)前掲注(6)樋口論を参照。

(34)前掲注(5)鈴木論を参照。

(35)前掲注(12)中野論を参照。

(36)前掲注(13)井上著書のⅢの第五章「『逢坂越えぬ権中納言』と歌合の空間」(初出二〇〇三年)

陣野英則「『堤中納言物語』「逢坂越えぬ権中納言」論—生成・享受の「場」との関係—」(『早稲田大学大学院文学研究科紀要・第三分冊』第五二輯、二〇〇七年二月)

(37)前掲注(14)横溝論を参照。

(38)前掲注(9)神野藤論①を参照。

(39)前掲注(13)井上著書のⅢの第四章「天喜三年「物語合」提出作品の一傾向—頼通の時代の反映—」(初出二〇〇一年)を参照。

(40)前掲注(13)井上著書のⅢの第三章「〈賀の物語〉の出現—『逢坂越えぬ権中納言』と藤原頼通の周辺—」(初出一九九九年)を参照。

(41)前掲注(8)稲賀論が、このように作者が問いかけ、読者の反応を楽しみ、作意を明かしてみせるといったやりとりを、つとに「「クイズ遊び」享受形態」と称して論じていたのであるが、この稲賀氏の論は「物語合」の場の雰囲気を復原するとき、あらためて想起されてよい。

（42）たとえば、「小弁遅く出すとて」の本文について、本稿では従来説によったのであるが、前掲注（6）樋口論③は、「物語の提出順序を変更して遅らせてもらうことを小弁が望んだものと思われる。」（一五九～一六〇頁）と解釈し、そこから踏み込んで、「小弁は武蔵の創作した物語と組み合わされるのを避けたい気持が強くて、提出順序を遅らせてもらおうとしたのであろう。」（一六〇頁）と臆測する。当該イベントの開催実態を復原する上で、座視し得ない説であり、解釈の妥当性をめぐって検討を要しよう。また、前掲注（13）久保木論は、「物語合」の享受資料の検討から、これが祐子内親王家で開催された可能性を問うことを提起する。その是非を論じることもまた、開催実態に迫るために必要な途となった。物語と作者、あるいは物語と和歌の問題は、今なお焦点化しうる検討課題である。

【付記】本稿は第七回平安文学懇話会（二〇一三年四月一三日、於東北大学）での発表内容を一部含んでいる。席上、ご意見を下さった星山健氏に感謝申し上げる。

『花桜折る少将』の切り詰められた世界
——終末部における中将の乳母登場の意義など——

陣野英則

一　はじめに

平安時代における短篇の「つくり物語」について、その特性などを論じようとしても、私たちが読むことの可能な作品は、『堤中納言物語』に収められている十の短篇にほぼ限られているため、どうしても『堤中納言物語』の議論に終始せざるをえなくなる。散佚した短篇の「つくり物語」も少なからずあったはずだが、細部まで把握することは困難である。そこで、ひとまず『堤中納言物語』の諸作品を並べてみてゆくと、短篇に特有のある性格がほぼ共通してみられるだろう。それは、登場する人々の関係、またその人々の背景などについての具体的な説明をほとんど排した叙述のあり方である。

そのように切り詰められた言葉の世界は、どうしてもわかりにくいところが多くなる。これらの短篇物語を制作した人たちが、そのまま読者でもあるというように、生成と享受の基盤が一体化していたとすれば、そのグループ内にある人々にとっては、解読する上での難しさがさほど大きくはなかっただろう。また、そのような仲間内での生成と享受が前提であれば、短篇物語における「クイズ効果」注(1)という特色もみとめうるだろう。クイズであれば、わかりやすくてはかえってつまらない。それゆえに、後代の読者、そしてもちろん研究者にとっても、悩みの種は多く蒔かれてしまっているらしい。

本稿でとりあげる『花桜折る少将』という短篇物語は、とりわけ右のようなわかりにくさが際立つ作品である。そもそも題号からして、「少将」か、それとも「中将」が正しいのか、といった問題がある。これについては二節でとりあげることにする。

この物語作品のわかりにくさの要因としては、右に述べたような「クイズ」的な課題を埋め込んであるということ、また書写の過程における本文転訛などがあるとおもわれるが、これら二点に加えて、もう一つ、この物語がとりわけ解釈のしにくいものとなっているポイントとして、切り詰め方の極端さがあげられるだろう。最初に確認したように、『堤中納言物語』の他の九篇においても、人間関係、さまざまな背景などをほとんど説明しないような語り方はおおよそ共通してみられるのだが、『花桜折る少将』の場合、その程度が甚だしいのである。

本稿では、そうした極端な切り詰め方と、それにともなうわかりにくさについて、諸注釈、先行論文の説なども適宜参看しつつおさえてゆき、それらの徹底した表現が——決してうまくなされているとばかりはいえないだろうが——巧みに意図されたものである可能性を論じてみる。加えて、物語の終末部における不審点について検討したい。その不審点とは、「中将の乳母《めのと》」なる人物が唐突にあらわれ、男主人公が姫君を盗みだそうとして失敗した事件の背景を語り出す（と解される）部分である。『花桜折る少将』の注釈および先行論文では、男主人公の思いがけない失敗の方ばかりが注目されて、姫君の乳母とおもわれる「中将」については充分にとらえきれていないようである。この人物に留意するとき、物語の読者たちの問題にしても、『花桜折る少将』という物語の効能とでもいうべき問題にしても、すっきりと見えてくることがあるのではないかと予想している。

二　男主人公は「少将」か

まずは、『花桜折る少将』という題号をもつ作品の物語内容について簡単に把握した上で、この題号の「少将」という官職名について検討する。

まだ夜深い頃、明るい月にだまされて女の家を出た男主人公は、咲きにおう花桜が魅力的な、しかしかなり荒れてしまっている邸宅で、今から物詣でに出かけようとしている美しい姫君を垣間見る。その後、男主人公（もしくはその父）に仕える「光季《みつすゑ》」が、例の邸宅の女の童と関係を結んでいたことから、美しい姫君が故源中納言の娘であること、そして近々入内の予定があることを知った男主人公は、その入内前に姫君を盗みだそうとする。女の童の手引きにより、母屋で小さくなって寝ていた姫君を抱きかかえ、車に乗せて連れ帰った男主人公であったが、実は、間違えて姫君の祖母尼を盗み出していたのであった。

こうしたおおよその物語内容をその本文からとらえることは、さほど困難ではない。しかし、個々の言葉と表現には多くの難しさがある。右の内容紹介では、あえて「男主人公」と記している。題号が主人公をあらわすということが、この作品の場合、自明ではないのである。既に少なからぬ諸注釈と先行論文が示しているとおり、この題号にみえる「少将」を「中将」と改める説が根強くある。諸伝本においては大半が「少将」、浅野家旧蔵広島大学図書館蔵本など、ごく一部では「大将」である。注(2)「中将」とする伝本は見いだされていない。それにもかかわらず、「少将」を「中将」の誤りとみる説が有力なのは、特に次の一節にみられる破線部の和歌と『風葉和歌集』との関わりに理由があろう。

①……源中将、兵衛佐《ひやうゑのすけ》、小弓もたせておはしたり。「よべはいづくに隠れ給へりしぞ」「内に御遊びありて召しゝかども、見つけたてまつらでこそ」とのたまへば、「こゝにこそ侍りしか。あやしかりける事かな」などのたまふ。花の木どもの咲きみだれたる、いと多く散るを見て、

あかで散る花見る折はひたみちに

とあれば、佐、

わが身にかへばかはりにしかな注(3)

とのたまふ。中将の君、「さらばかひなくや」とて、

散る花を惜しみとめても君なくはたれにか見せむ宿の桜を

とのたまふ。たはぶれつゝ、もろともに出づ。（三ウ〜四オ）

『風葉和歌集』（巻第二・春下・一〇三）では、右の破線部と同じ「散る花を……」の和歌（ただし第二句「をしみ置ても」）を、「花のちるころ人のまうできたりけるに／花ざくらをる中将」としている。この歌集における詠者名表記のルールに照らすと、一部に例外はあるものの、物語名と人物名との間に「の」がないことから、「花ざくらをる中将」が物語の題号をあらわしている可能性は高いとみられる。この点もふまえながら、本文①の場面においては、波線部の「あかで散る……」という短連歌の上の句の詠み手を

「源中将」と解し、一方の傍線部「中将の君」を男主人公と解する注釈書が圧倒的に多い。その場合、破線部の下の句、「たれにか見せむ宿の桜を」は、この邸宅の主とおもわれる男主人公の立場から詠まれていると解せるので、たしかに好都合ではある。

　これに対して、新潮日本古典集成本は、傍線部の「中将の君」を「源中将」の省略された呼称と解し、『風葉和歌集』の側に誤解があるという可能性に言及している。[注(4)]さらに近年の論考では、波線部、短連歌の上の句を男主人公のものとみて、破線部の詠み手を源中将と解する説が相次いでいる。[注(5)]それらが解き明かしているように、波線部「あかで散る……」は、男主人公による直前の発言、「こゝにこそ侍りしか。あやしかりける事かな」からの流れという点でも、波線部以降とのつながりからみても、男主人公が詠んだと解するのがもっとも無理がないだろう。また、破線部の和歌については、源中将が邸宅の主である男主人公の「真意を改めて敷衍して詠ん」でいる「一種の〈代詠〉と考える」[注(6)]のがよい。その場合、男主人公の官職は「少将」ということになるのだろうが、実は、右のように解する諸論考がいずれも注目しているとおり、『花桜折る少将』という物語においては、そもそも「少将」という呼称が一度も用いられていないのである。

　このように、『花桜折る少将』の本文中で主人公に相当する人物を指示する語が一切みられないというのは、きわめて特徴的な「作風の問題」[注(7)]として注目されてきた。主人公の造型方法に関わる問題ともいえるが、ここで近い事例にも注意しておきたい。『源氏物語』では、男主人公である光源氏にさまざまな呼称が用いられているのだが、既に指摘したことがあるとおり、正篇の巻々の中で唯一、「幻」巻においては一貫して何らの呼称も見いだされないのである。[注(8)]これは主人公でありながら、語り手によって人物としての対象化がなされていないということになるのだろうが、単に語り手が光源氏に一体化しているわけではないことは、敬語の使用状況から確認される。注(9)語り手からの対象化の極端なゆるさということが、ひとまず看取されるわけだが、おそらくこうした対象化のゆるさということは、『源氏物語』だけではなく、平安時代の和文における人称の問題と深く関わるとおもわれる。注(10)

『花桜折る少将』の場合は、題号によれば男主人公の官職は「少将」ということになるが、物語本文に拠ってみるならば、「少将」だと断言するわけにもいかないようだ。題号をたよりに、かろうじて「少将」らしい、というのが精一杯である。このようなわかりにくさは、切り詰めた表現ゆえということもできるが、特に冒頭における、「一人称的」ともいわれる叙述にも連動することがらであろう。節をあらため、『花桜折る少将』の冒頭部について、新たな視角からとらえたいとおもう。

三　冒頭部の先駆的な叙述

『花桜折る少将』の冒頭部では、単に主人公を指示する言葉が見られないだけでなく、この貴公子に対する敬意がこめられた待遇表現が、物語の開始からしばらくの間、まったく用いられないことが特徴としてみとめられよう。

②月にはかられて、夜ふかく起きにけるも、思ふらむところいとほしけれど、立ち返らんも遠きほどなれば、やうくゆくに、小家などに例おとなふものも聞こえず、くまなき月に、所くの花の木ども、ひとへにまがひぬべくかすみたり。いま少し、過ぎて見つるところよりもおもしろく、過ぎが

たき心地して、

そなたへとゆきもやられず花桜にほふ木蔭に旅立たれつゝ

とうち誦《ずむ》じて、「はやく、ここにものいひし人あり」と思ひいでて、たちやすらふに築地《ついぢ》のくづれより、白きものゝいたくしはぶきつつ出づめり。あはれげに荒れ、人気《ひとげ》なき所なれば、こゝかしこ覗《のぞ》けど、とがむる人なし。

（一オ～一ウ）

ここまで、男主人公とおもわれる人物への敬意を示す語が一切ない。初めて用いられるのは、このあとさらにしばらくあとで、「小家」の従者らしき「白きもの」とのやりとりが語られる箇所である。

『堤中納言物語』の中の短篇で、この本文②と同様に男君が「忍びありき」をしているところから語り出される『貝合』の冒頭部と比べてみよう。

長月の有明の月にさそはれて、蔵人の少将、指貫つきぐ〳〵しくひきあげて、たゞひとり小舎人童ばかり具《ぐ》して、やがて朝霧もよくたち隠しつべく隙《ひま》なげなるに、「をかしからむところの、開《あ》きたらんもがな」と言ひてあゆみゆくに、木立《こだち》をかしき家に、琴《きん》の声ほのかに聞こゆるに、いみじうゝれしくなりて、めぐる門《かど》のわきなど崩れやある、と見けれど、いみじく築地《ついぢ》などまたきに、中〳〵わびしく、いかなる人のかく弾きゐたるならん、とわりなくゆかしけれど、すべき方もおぼえで、例の声出《い》させて随身に歌はせ給ふ。

ゆく方も忘るゝばかり朝ぼらけひきとゞむめる琴《こと》の声かな

と歌はせて、まことにしばし、内より人や、と心ときめきし給へど、さもあらぬは口惜《くちを》しくて、あゆみ過ぎたれば、……

（『貝合』、一オ～一ウ）

この『貝合』の冒頭をみると、状況が似ているばかりでなく、開始からしばらくは男主人公たる「蔵人の少将」に対する敬意が示されることがないという点でも、かなり近似しているといえる。しかし、引用文中の二つの二重傍線部は、いずれも尊敬語である。このように語り手からの敬意が示されるかたちで、「蔵人の少将」への「焦点化 focalisation」は一度とまるのである。そして何より注意すべきは、この『貝合』冒頭部で、早々と傍線部の「蔵人の少将」という主人公の呼称が明示されている点である。

一方、『貝合』ほどではないものの、『花桜折る少将』との類似がある程度みとめられる『逢坂越えぬ権中納言』の冒頭も確認しておこう。

五月待ちつけたる花橘の香《か》も、昔の人恋しう、秋の夕べにも劣らぬ風にうち匂ひたるは、をかしうも、あはれにも思ひ知らるるを、山ほと、ぎすも里馴れて語らふに、三日月のかげほのかなるは、をりから忍びがたくて、例の宮わたりにおとなはまほしう思さるれど、かひあらじ、とうち歎かれて、あるわたりの、なほ情けあまりなるまで、と思せど、そなたはものうきなるべし、いかにせむ、とながめ給ふほどに、……

（『逢坂越えぬ権中納言』、一オ〜一ウ）

ここでは、男主人公の呼称は示されることがない。その点は『花桜折る少将』と近い。ただし、「中納言」の呼称が少し先に進んでから用いられるようになる。それに右の引用本文では、二重傍線部のように男主人公を尊敬する語り方が早々とみられる。

このようにみてくると、『花桜折る少将』の本文②では、他作品の冒頭部に比べてみて、男主人公の対象化もしくは客体化を避けるような方向性がいっそう顕著であるといえるだろう。いずれにしても、これらの物語の冒頭における叙述は、男主人公の「眼差しと一体化」した「一人称的」な表現などといわれてきた。[注(11)]特に『花桜折る少将』の冒頭に関しては、「語り手の視線」と「男君の視線」とが「一体化」することで「一人称的な言説に近づく」ことを「意識化して」いる作者が、「新しい語りの方法を実験的に模索している」とも評されている。[注(12)]たしかに、この冒頭部は、他の作品以上に徹底したものであり、「実験的」という形容がふさわしかろう。

なお、『花桜折る少将』の成立時期の問題も右の点に関わることから、ここで簡単に言及しておくべきだろう。稲賀敬二論文では、『後撰和歌集』および『中務集』『信明集』にみえる信明歌に依拠している「月と花とを」(二ウ)という引歌表現、また中務らに親近していた源景明の詠歌との関わりなどに注目しつつ、『赤染衛門集』にみえる「花桜」という名の物語と、『花桜折る少将』とが同一の物語であるとみて、この物語の成立時期を十世紀後半と推定している。[注(13)]この推定に無理があることは既に指摘されているが、[注(14)]ここまでに述べてきたような冒頭の叙述の先駆性、実験的な様相に照らしてみれば、こうした物語テクストが『源氏物語』以前に編み出されていたとは考えにくいだろう。和文の叙述のあり方は、『源氏物語』成立期においても、なおかなり未熟であったというべきで、「つくり物語」の最初の一文のあり方なども、『源氏物語』以前と以後とでは大きく様相を異にしている。『花桜折る少将』の冒頭は、既にみてきたとおり、『貝合』、さらには成立時期がおよそ確定しうる『逢坂越えぬ権中納言』と類似する点をもちながら、なおいっそうの徹底ぶりが見てとれることから、十一世紀中盤かそれ以降の成立とみるべきであろう。

いわば先鋭的ともいいうる『花桜折る少将』の冒頭部であるが、それは物語内容の特徴とも照応するところがあろう。冒頭部では、花桜の魅力的な邸宅に暮らしている美しい姫君を発見するということが語られているわけだが、それは男主人公の主観によって構成されているものに過ぎないともいいうる。この場面が、「やう〳〵明くれば帰り給ひぬ」（三オ）という一節によってひとまずとじられた後の物語は、昨夜主人公が訪れた女性との文のやりとり、またおよそ同年輩らしい男友達の来訪等々といった日常が語られることとなる。そこに至ると、物語本文では安定的に男主人公への敬意が示されつづける。結局、男主人公への焦点化はほぼ冒頭部に限られている。その冒頭部で男主人公の主観がとらえ、迷い込んでいったのは「〈まやかし〉の時空間」であったとする井上新子論文がある。[注(15)] 冒頭、「くまなき月」に「はかられて」始まるこの物語は、井上論文が指摘するとおり、「春と秋の時の交錯」があったり、「白きもの」という、あやしげで判然としないものが登場したり、という具合で、どこか現実離れしている「主観」の世界だということになろう。

　ここで、こうした叙述を今後もなお「一人称的」と呼びつづけることの問題点にも言及しておきたい。既に述べたことがあるとおり、[注(16)]「人称」というのは日本語文において本来的なものとは考えがたい。「人称」が「西欧語のものであり、しかも、主観を客観化した主観として記述するという西欧語の仕組みにのっとった観念である」[注(17)]とすれば、特に千年近く前の昔の日本語の世界にはそうした「人称」という観念とはおよそ相反するようなかたちで、人のことが叙述されているというべきであろう。

　そのように見なおしてみると、『花桜折る少将』の冒頭は、およそ極限というべきところまで切り詰めた表現を選びとりながら、たしかに――あえて一般化した術語を用いるのならば――「一人称」の叙述に近づいているようだ。ただし、客観化された主観としての記述というレヴェルからはほど遠く、それゆえのわかりにくさ、主体の曖昧さこそが特徴的であろう。それは、先にとりあげた井上論文の指摘する「〈まやかし〉の時空間」[注(18)]というものとも照応関係がみとめられるだろう。

一方、この冒頭で男主人公が関心を寄せた、花桜の咲く邸宅の関係者たち、すなわち姫君周辺の人々のこともかなりわかりにくくなっているということを確認する必要があるだろう。詳細は次の四節でとりあげるが、物語を末尾までおさえてみた上で、とても気になることは、作品の終末部で急に登場する「中将の乳母」という人物は一体どういう人か、ということである。この人物こそ、物語終末部において男主人公が謀った一件の舞台裏を説き明かすという、きわめて重要な役割を果たすことになるのだが、冒頭部と物語終末部との関わりについての検討は、これまで不充分であったといわざるをえない。次節において、その点を中心に検討してみる。

四　物語終末部における中将の乳母と読者たち

『花桜折る少将』の物語において、もっとも難解なところが、これからとりあげる終末部である。まずは、女の童の手引きによって男主人公が母屋に入ったところから、末尾までを引用してみる。

③……母屋《もや》にいと小さやかにてうち臥《ふ》し給ひつるをかき抱《いだ》きて乗せたてまつり給ひて、車を急ぎてやるに、「こはなにぞ〳〵」とて心得ず、あさましう思さる。

中将の乳母《めのと》、「聞き給ひて、祖母《おば》上のうしろめたがり給ひて、臥し給へるになむ、もとより小さくおはしけるを、老い給ひて法師にさへなり給へば頭《かしら》寒くて、御衣《ぞ》をひきかづきて臥し給ひつるなむそれ、と思しけるもことわりなり」[注(19)]。

車寄するほどに、古びたる声にて、「いなや、こは誰《たれ》ぞ」とのたまふ。

「その、ち、いかゞ」
「をこがましうこそ」
「御かたちは限りなかりけれど」。（六オ〜六ウ）

右のように校訂してみたが、特に「中将の乳母」の名まえが出てくるあたりについては、本文上の瑕疵の有無なども検討する必要がありそうだ。以下に、あえて底本（高松宮家蔵本）の翻刻（部分）を掲出してみる。

○中将のめのときゝ給ておはうへのうしろめたかり給てふし給へるになむもとよりちいさくおはしけるをおい給てほうしにさへなりたまへはかしらさむくて御そをひきかつきてふし給つるなむそれとおほえけるもことはりなり（六ウ）

先行研究では、後藤康文論文[注(20)]が注目される。多くの注釈書が言及するとおり、「中将のめのとき、給て」は、素直に読めば「中将のめのと」に対して尊敬語が用いられるという、きわめて異例の表現と解さざるを得ない。後藤論文は、この尊敬表現だけでなく、「中将の乳母」という「人物の唐突な登場」をも疑い、「めの」の部分（字母は「免」、「乃」または「能」）を「見給」からの誤写と想定して、次のような改訂案を提示している。

「中将の見給ふ」と聞き給ひて、大上のうしろめたがり給ひて、臥し給へるになむ。

これで疑問の点がすっきりと解決したようにも見えるが、この改訂案では、「中将」が物語の男主人公ということになる。既に二節で論じたとおり、稿者は主人公の呼称が作中で一切用いられていないらしいという点を重視しており、主人公が題号に一致する「少将」の官職に就いていることはあり得ても、「中将」

であるとは考えられない。さらにまた、後藤論文では、「ふし給へるになむ」「ふし給つるなむ」というように、助詞「なむ」が繰り返し用いられることについての説明がなされないまま、このあたりを「作者（語り手）が読者に説明した地の文である」と判断している。もちろん、草子地において「なむ」が用いられるということはありうるのだが、このように連続して用いられるところから、やはり会話文と解する方が妥当ではないか。なお、「中将の乳母」以下を「草子地的な表現と見」て、「下級の女房クラスの語り手が想定されている」可能性を考える説もある。[注(21)] その場合、「なむ」が用いられることも、乳母への敬意が示されていることもいちおうの説明はつくことになるが、それでもなお、すっきりと解しにくい面はあろう。

　とにかく、中将の乳母に対する敬意は考えにくいという点を重視して、稿者の校訂による本文③では、「聞き給ひて」を乳母の発言にふくめ、「祖母上がお聞きになって……」の意と解し、「ことわりなり」までを中将の乳母の発言と解する説を踏襲している。なお違和感が残ることはみとめざるをえない。[注(22)] ただし、このように解してみると、男主人公の姫君奪取の計画が首尾良く進んだかと思いきや、祖母尼君を連れ出してしまっていたという急展開の物語の叙述として、唐突に中将の乳母が引っ張り出されてくることには、それなりの必然性を見いだすこともできるようにおもわれる。「聞き給ひて」を先の本文③と同様に校訂している新日本古典文学大系本（校注 大槻修）では「不意に、作中人物の一人が、事柄の舞台裏をうちあける―いわゆる「語り」の筆法は、落語など話芸の世界を文章化する場合にまま見られる」[注(23)] と説明している。後代の「落語など」と同様のものとみとめることには慎重であるべきだろうが、中将の乳母の発言と解する校訂本文によれば、そのような新たな「語り」がもちだされることで、男主人公の側から語られてきた物語が一気に相対化され、また文字通り「裏」側が見せられるようではある。

そのとき、すべての読者とはいいがたいとしても、一部の読者は、姫君方の立場からこの一連の話をとらえ返そうと意識するのではないだろうか。諸注釈、先行論文の類をみても、そうした立場から読み解く例はかなり少ないようであったが、右の新日本古典文学大系本と同じ校注者の執筆になる『日本の文学古典編』の解説[注(24)]においては、姫君奪取の計画が中将の乳母に知られた経緯について推察がなされており、興味深い。そこでは、この乳母に通報した人物について、「光季があやしいのではないか」と述べられている。あわせて、祖母尼君が連れ出されてしまったことについては、「中将の失態」としつつも「やむを得ない」こととしている。光季が男主人公の指令にしたがってさまざま画策しておきながら、「季光《すゑみつ》」という偽名で姫君方に内通しているという推察は大変おもしろいが、自ら男主人公を裏切ってゆくというのは設定としてかなり不自然であろう。むしろ、本文中では、「若き人の思ひやりすくなきにや」（五ウ〜六オ）と評されてもいる女の童の挙動に不審なところを見いだした乳母が童に問い質すことであらましを掌握した、というような事態を想像する方がふさわしいようにおもう。ただし、これらのことは、物語本文には何も記されていない。切り詰められた表現の世界から読者が想像するしかない。

この中将の乳母に関する検討としては、「乳母学」の吉海直人論文が出色である。[注(25)]

従来この物語は、少将の失敗譚としてのみクローズアップされてきたが、視点を姫君側に移すと、盗み出されずに済んだわけである。祖母がわざわざ姫君の部屋に宿直するのも、乳母の進言があったからに違いない。つまり姫君の乳母の存在が描かれてさえいれば、たとえその活躍が描かれなくても、正常に機能していたと読んでいいのである。

このように、乳母の進言があったからこそ入内直前の姫君が奪取されるという事件を阻止することができた、と評価することは、おそらく妥当であると考える。ただし、この中納言の乳母をめぐっては、特に成立当時の、作者圏の中、もしくはごく近い場所にいる読者たちであったなら「こう読んでいたのではないか」という推察をさらに重ねてみたいところである。ポイントは大きく二つある。

一つには、この姫君の乳母については、先述のとおり、末尾近くで唐突に登場してくるようにみえるものの、実は物語の冒頭部で既に登場していた可能性を考えるべきではないか、ということである。管見によればそうした推察を見つけられなかったのだが、あらためて冒頭部で男主人公がとらえていた女性たちについて整理してみよう。

a「白きもの」(一ウ)　＊ただし、女性か男性か不明。老人か。
b「少納言の君こそ。……」(二オ)と発言する人物　＊fの「弁の君」と同一か。
c「少納言の君」(二オ)　＊dの「童」と同一か。
d「よきほどなる童」(二オ)　＊「季光」こと光季と親密な関係を結ぶ女の童。
e「おとなしき人」(二ウ)
f「弁(の)君」(二ウ)

これだけの人物が確認される。実際には、b＝f、c＝dなどの可能性も考えられるところだが、これらの人物が登場した直後、物詣でに出かける一行は、dの女の童を除く「五六人」(三オ)とされている。この限られた人々の中に、終末部でいきなり名まえが示される中将の乳母もいるのだろう。おそらくはeの「おとなしき人」あたりではないかとおもわれる。この人こそが「季光」の寝坊をぼやき、弁の君に物詣でに関わる指示を出し、さらには、明確ではないものの女の童が月経でありながら物詣での一行に加わろうと発言した際に「ものぐるほしや」（二ウ）とたしなめているのではないだろうか。

このような姫君周辺の人物の関係は、三節で確認した冒頭部の語り方の特性ゆえに、明瞭さが乏しいのだが、おおよそ右のような推察が可能ではないかと考える。そのとき、乳母と女の童との関係が示唆されることに留意しよう。というのも、女の童はおそらく月経を装って物詣でに参加しなかったようにも読めるわけで、なかなかしたたかではあるのだが、乳母の方がその女の童をたしなめ、管理する側にあることが予想されるだろう。

つづいて、もう一点の注目すべきポイントは、中将の乳母がこのような形で最後に事件の背景を説明することについて、この物語の読者たちのうち、姫君とその周辺の女房、女の童たちの方に肩入れをしながら読む人たちにはどのような意義がありうるのかを考えてみるべきではないのか、ということである。

かつて『このついで』および『ほどほどの懸想』といった『堤中納言物語』収載の短篇物語を論じた際に示したように、注(26)これらの物語を読む読者たちにとっては、主人にお仕えする登場人物たちこそが身近に感じられるわけであって、この中将の乳母が、姫君が奪取されるという危機を察して対応した結末については、高貴な姫君に仕えつつ物語を読む女房たちにとって、危機対応の実践例として、あるいは予防意識を高めるような効能を期待できる物語として読まれた可能性を想定してみることができるのではないかと考える。

五　切り詰められた世界を読み解く――むすびにかえて――

『花桜折る少将』の物語内容、および物語の展開のしかたは、たとえば『堤中納言物語』に収められている作品でいうと、『貝合』あるいは『思はぬ方にとまりする少将』などとかなり近く、さらに『このついで』『逢坂越えぬ権中納言』などとの共通点も少なくないとおもわれるが、ここまで述べてきたように、叙述のあり方をギリギリまで切り詰めようとしている試みの程度が甚だしい言葉の世界ゆえ、きわめて読みとりにくい部分が多いのであった。本稿では、物語の題号と男主人公の官職、冒頭部の叙述のあり方の先駆性などをおさえたのち、終末部の唐突で読みとりにくい部分、特に中将の乳母の発言とおもわれる箇所の意義について、読者としての女房たちにも想像をめぐらしながら考察した。切り詰められた言葉は、時代を隔てたわれわれにとってはきわめて難解なのだが、当時の成立圏と享受圏との重なりということをヒントに、女房たちならどのように読むだろうか、という観点から推察をしてみたのである。

※『堤中納言物語』（『花桜折る少将』『貝合』『逢坂越えぬ権中納言』）の引用本文は、高松宮家蔵本の影印に拠り、諸本及び諸注釈書の校訂本文をも参照した上で独自に校訂した。その際、次のような方針で操作を行っている。

- 仮名・漢字ともに通行の字体により、歴史的仮名遣いに統一する。また、適宜漢字を仮名に、仮名を漢字に改めている。

・反復記号は、すべて底本通りとする。
・適宜、句読点・濁点を加える。また、会話文を鉤括弧で括るが、内話文については何らかの括弧で括るということを一切しない。
なお、引用本文のあとに付した（）内の丁数も高松宮家蔵本のものである。
※『風葉和歌集』の引用本文は、中野荘次・藤井隆（編）『増訂 校本風葉和歌集』（友山文庫、一九六九年）に拠り、適宜濁点を施した。

注

（1）稲賀敬二「『堤中納言物語』の短編的手法―順・中務・景明―」（『後期物語への多彩な視点 稲賀敬二コレクション4』（笠間書院、二〇〇七年）など、一連の稲賀論文。
（2）土岐武治『堤中納言物語の研究』（風間書房、一九六七年）の第二編「諸本の研究」および「付 校本堤中納言物語」は、六十本以上の伝本の調査にもとづくが、それによれば、第一門第二類のうちの第三種に相当する三本だけが「大将」とする。
（3）底本の本文は「かつはよはりにしかな」であるが、後藤康文「『花桜折る中将』本文整定試案」（『中古文学』五五、中古文学会、一九九五年五月）の説得力のある本文改訂案に従って改めている。
（4）塚原鉄雄（校注）『新潮日本古典集成 堤中納言物語』（新潮社、一九八三年）、二〇頁、および二六頁の頭注三。なお、夙に注（2）、前掲書（第三編―第二章―第二節）でも、傍線部の「中将の君」を「源中将」の略されたものと解していた。
（5）井上新子「『花桜折る少将』の「桜」―詩歌の発想と物語の結構―」（『堤中納言物語の言語空間―織りなされる

言葉と時代―』Ⅱ―第二章、翰林書房、二〇一六年）、および二〇〇四年度『堤中納言物語』ゼミ「『花桜折る少将』を読む」（『青山語文』三六、青山学院大学日本文学会、二〇〇六年三月）。

（6）注（5）、前掲の二〇〇四年度『堤中納言物語』ゼミによる論文。

（7）鈴木一雄「『花桜折る少将』の問題点二つ」（『堤中納言物語序説』桜楓社、一九八〇年）。同書収載の「『堤中納言物語』の作風とその成因をめぐって」（一八六〜一八七頁）でも同様の指摘がある。ただし、鈴木論文では本文①の「中将の君」が男主人公であるかどうかの判断を示していない。

（8）陣野英則「光源氏の最後の「光」―「幻」巻論―」（『源氏物語の話声と表現世界』Ⅱ―第十一章、勉誠出版、二〇〇四年）。

（9）高田祐彦「源氏物語　長編の創造―ことばと時間―」（『むらさき』五一、紫式部学会、二〇一四年一二月）。

（10）陣野英則「ナラトロジーのこれからと『源氏物語』―人称をめぐる課題を中心に―」（助川幸逸郎・立石和弘・土方洋一・松岡智之（編）『新時代の源氏学9　架橋する〈文学〉理論』竹林舎、二〇一六年）。

（11）三谷邦明「『堤中納言物語の方法―〈短篇性〉あるいは〈前本文《プレテクスト》〉の解体化―」（『物語文学の方法Ⅱ』第四部―第二章、有精堂出版、一九八九年）など。

（12）注（5）、前掲の二〇〇四年度『堤中納言物語』ゼミによる論文。

（13）稲賀敬二「『堤中納言物語』解説（その3）―十編の集合とその完成まで―」（注（1）、前掲書）。

（14）久下裕利「〈解説〉研究の原点となった後期物語」（注（1）、前掲書）、および同「後期物語創作の基点―紫式部のメッセージ―」（久下裕利（編）『源氏以後の物語を考える―継承の構図』武蔵野書院、二〇一二年。のち、『源氏物語の記憶―時代との交差』武蔵野書院、二〇一七年近刊予定）。

（15）井上新子「『花桜折る少将』の語りと引用―物語にみる〈幻想〉―」（注（5）、前掲の井上著書、Ⅰ―第四章）。

（16）注（10）、前掲論文。

(17) 中山眞彦『物語構造論―『源氏物語』とそのフランス語訳について―』(岩波書店、一九九五年)、二一五頁。
(18) 注(15)、前掲論文。
(19)「それ」以下、底本の本文は「それとおほえけるもことはりなり」。この一文を中将の乳母の発言ではなく、地の文と解する注釈書も多いのだが、老尼君を姫君と誤解するのも「ことわり」だと評しうるのは、直接的に事情をよく知っていた中将の乳母であろうから、この人物の会話文の一部としてみた。その上で、男主人公に対する尊敬語が用いられるのがより自然であろうから、「おほえ」の「え」を「し」からの転訛とみる説を支持し、「思し」と校訂している。
(20) 注(3)、前掲論文。
(21) 注(5)、前掲の二〇〇四年度『堤中納言物語』ゼミによる論文。
(22) 特に尊敬語をふくむ本文「きゝ給て」については、たとえば「きゝゐて」もしくは「きゝおきて」からの転訛を想定し、他作品の用例なども確認してみた。可能性が皆無とはおもわれなかったが、積極的に改訂すべき理由も得られなかった。
(23) 大槻修・今井源衛・森下純昭・辛島正雄(校注)『新日本古典文学大系26 堤中納言物語 とりかへばや物語』(岩波書店、一九九二年)、九頁の脚注(▽)。
(24) 大槻修(校注・訳)『日本の文学 古典編21 堤中納言物語』(ほるぷ出版、一九八六年)、二一六頁。
(25) 吉海直人「『堤中納言物語』の乳母達」(『乳母の基礎的研究―平安朝文学の視角―』第二十三章、影月堂文庫、二〇〇一年)。
(26) 陣野英則「『堤中納言物語』「このついで」の聴き手たち―物語文学の享受の一面―」(古代中世文学論考刊行会編『古代中世文学論考 第九集』新典社、二〇〇三年)、および同「『堤中納言物語』「ほどほどの懸想」論―「ほどほどの」読者―」(『国文学研究』一四六、早稲田大学国文学会、二〇〇五年六月)。

『虫めづる姫君』を読む
――冒頭部の解釈をめぐって――

横溝　博

一　はじめに

『虫めづる姫君』論とは、畢竟、この奇矯かつ不可思議な魅力を湛えた女主人公「(虫めづる)姫君」を、物語の意図と絡んで、どのような人物として理解するかということに尽きようかと思う。注(1) その際、短編物語としての趣向にも関わる問題として、冒頭の一文はあらためて注目してよいところであろう。

蝶めづる姫君の住みたまふかたはらに、按察使の大納言の御むすめ、心にくくなべてならぬさまに、親たちかしづきたまふこと限りなし。（四〇七頁）

冒頭、「蝶めづる姫君」と、何の説明もなく唐突に語り出される。いま、先を追わずに、いささかこの冒頭部に立ち止まり、右の一文にこだわることから始めたい。タイトルにいう「虫めづる姫君」ならぬ「蝶めづる姫君」とは何者なのか。断りもなくその人物の正体が了解される程、読者にとって自明な存在たりうるのであろううか。

二　「蝶めづる姫君」は「珍奇」か否か

この「蝶めづる姫君」について、今日の一般的な理解においては、風雅な貴族趣味を嗜むところの上流貴顕の姫君のイメージをもって了解されていよう。注(2) まずは妥当な理解というべきであろう。ただ、そうした一般的な「蝶めづる姫君」の雅なイメージも、既定のものというよりは、物語を読み進めて行くにつれて形成されるものと思しい。それは、物語が進むにつれ、奇矯な趣味を持つヒロイン「(虫めづる) 姫君」の生活様態が顕わとなり、前景化されるに及んで、そうした姫君に仕える按察使大納言家の若い女房たちが、「いかなる人、蝶めづる姫君につかまつらむ」(四一〇頁) と、隣家の「蝶めづる姫君」(これがすでに呼称として物語内に定着していることは注意しておきたい) を持ち出して、そこに仕える人々を羨望したり、「うらやまし花や蝶やと言ふめれど烏毛虫くさきよをも見るかな」(四一〇頁) と戯れ歌を詠んで笑い合い、「からしや、眉はしも、烏毛虫だちためり」「さて、歯ぐきは、皮のむけたるにやあらむ」(四一〇頁) などと、姫君の容貌を虫の無気味さに擬えて貶め、「冬くれば衣たのもし寒くとも烏毛虫多く見ゆるあたりは／衣など着ずともあらなむかし」(四一〇頁) などといい合って、姫君を徹底して揶揄する会話文などを根拠として形成されたものである。

実際に物語に片鱗もその姿を覗かせない「蝶めづる姫君」の姿（もしくは彼女の生活様態）は、ヒロインである「虫めづる姫君」の生活様態が無気味なものとして描き出され、周辺の人物たちによって陰口をたたかれ、貶められるに及んで、「虫めづる姫君」とはまるで対蹠的な形で理想化されていく。それはあたかも、もう一人のありうべきヒロイン像としてのごとくである。いわば、「蝶めづる姫君」とは、物語テクストにおいて事後的に作り上げられた、〈幻の姫君〉なのであった。そして、そのような〈幻の姫君〉が、あたかも既定のものとして物語世界に存在しているかのごとく、これまた事後的に了解され、合理的に解釈されることになるのが、先に掲げた冒頭の一文という次第であった。そのような、「蝶めづる姫君」造型のからくり（レトリック）が、物語テクストにおいて目論まれていることは、否定できないであろう。

ところが一方、こうしたテクスト読解に基づく、雅びな「蝶めづる姫君」イメージの形成に、異を唱える見解があることも無視することはできない。「蝶めづる――」という文言に、まずは違和を表明する見解であり、たとえば塚原鉄雄氏[注(3)]は、「蝶めづる姫君」という呼称から看取されるべき違和を、「珍奇」ということばを用いて、次のように説明している。

王朝の姫君が実物の蝶を愛玩するのは、珍奇な印象。花と併称されるが、高貴の女性が、直接に、蝶を愛玩飼育の対象とすることはない。珍奇な姫君の近隣に、虫を愛玩する奇怪な姫君が居住する設定である。（四七頁）

「奇怪」とまではいわずとも、「蝶めづる姫君」は「珍奇な姫君」と名指しされている。いわれているところは、それなりの妥当性を持ちえているといえよう。たしかに「蝶めづる」といって、蝶を直接、愛玩飼育する姫君の例を見ないのであり、そしてよしんば、そうした姫君がいたとして、蝶を愛しむ行為というものが、雅とはおよそかけ離れたものであろうことは、薄々推知することはできる。そして、それはいみじくも、作中において、姫君を揶揄・中傷する若い侍女たちを嗜める「とがとがしき女」の会話文に、

「蝶めでたまふなる人も、もはら、めでたうもおぼえず…（中略）…蝶はとらふれば、手にきりつきて、いとむつかしきものぞかし。また、蝶はとらふれば、瘧病せさすなり。あなゆゆしとも、ゆゆし」（四一一頁）

と忌避されているように、実際に蝶を手にとって愛しむ行為を想像してみれば、「虫めづる姫君」と、無気味さにおいて五十歩百歩といったところであるかもしれないのだ。とすれば、「蝶めづる姫君」とは、たしかに「珍奇な印象」を持ちうる体の呼称であるのかも知れず、そうした違和が感じ取れないとすれば、それは、「虫めづる」異常なヒロインの存在が焦点化されるあまり、「蝶めづる姫君」が本質的に抱え込む矛盾が、見えにくくなっているという事情であるのかもしれない。

ただ、このような物語世界の枠組みに対する理解も、いってみれば事後的に形作られたものに他ならないことには、注意しておかなくてはならない。右の塚原氏の説明にしても、「虫めづる姫君」を称して、「虫を愛玩する奇怪な姫君」というように、物語の展開を先取りした物言いとなっているのがそれである。冒頭の一文においては、「按察使大納言夫婦に大切に養育されている娘」としか語られていないのである

から、「虫めづる姫君」をして「奇怪な姫君」とは、やや先走った人物把握である。同じ理屈において、「蝶めづる姫君」が果たして「珍奇な姫君」[注(4)]といえるのかどうか、冒頭の時点でそのように確定することもまた困難である。そしてまた、同じ理屈において、「蝶めづる姫君」を、これが今日一般に理解されているように、「蝶を愛する普通の人情の姫君」[注(5)]であり、それこそ「王朝女性一般」[注(6)]としての姫君であるかのように理解する根拠というのも、冒頭部の時点でどのように成り立ちうるのか、説明を要そう。何となれば、塚原氏のいうように、「珍奇な印象」といった感も、あながち否定しきれない冒頭の一文ということではある。冒頭の「蝶めづる姫君」が、何者なのか、といったことは、じつはそうたやすく結論づけることができない。

それでは冒頭の一文は、何の確たる情報も読みとれない、漠とした一文としてあるに過ぎないのだろうか。「蝶めづる姫君」について、前掲の「珍奇な印象」をさらに一歩進めて、それがとりわけ「かたはら」と表現されていることを捉えた上、「それが「ふつうの姫君」ではなくて、「虫めづる姫君」と同じように、特異な人物だった」と解釈するのは、保科恵氏[注(7)]である。そして、冒頭表現については、次のような解釈を保科氏は述べている。

> このような冒頭表現が可能となる要因として、この作品――「虫めづる姫君」の物語――に前提して、「てふめづる姫君」の物語が存在したということを、想定する。蝶を愛玩する姫君の物語が先に存在して、それに引き続いて、虫を愛玩する姫君の物語が、展開するということである。「てふめづる姫君」の物語は、既に物語られた周知のものだから、続く「虫めづる姫君」の物語の冒頭で、改めてそ

のことについて言及する必要がない。（二四八～二四九頁）

このように述べて、これがあたかも『蝶めづる姫君』の物語が、（事実か否かは別として）存在していたかのごとく読者に想起させる技法であるという。つまりは、そのようにして暗示される、「作品外世界」の拡がりを、読者が空想して楽しむところに、『虫めづる姫君』のもう一つの愉悦はあるということを指摘している。なるほど、短編物語の創作手法のありかたとも絡んで、『虫めづる姫君』のもつ面白さの、一つの側面を捉え得た見解といえよう。が、果たして、「虫めづる姫君」の「かたはら」に住む（物語の紹介の仕方とは逆の方向になるが）「蝶めづる姫君」とは何者なのか、彼女をとりまく一家とは、どのような人たちであるのか、その暮らしぶりはどのようなものであるのか。「虫めづる姫君」の行末を気に掛けつつも、侍女たちが羨望する隣家のありようにまで読者の空想は及ぶであろう。そのとき、じつはこの「蝶めづる姫君」が、「虫めづる姫君」よろしく蝶と直接戯れ、愛玩するような珍奇な姫君であったとするようなオチは、想像の話としても逸脱し過ぎているように思われる。

前掲の塚原氏は、実物の蝶を愛玩する例がないことによって、「蝶めづる姫君」という表現のもつ奇怪さに注意したわけであった。が、まさにそのような例がないことから、「蝶めづる姫君」を、直接蝶に触れて愛玩する姫君であると捉えることは、不自然の譏りを免れないであろう。それこそ、「奇怪」な「虫めづる姫君」と並置させるべく、とくには、「とがとがしき女」の弁を持ち来たって事後的に形成された「蝶めづる姫君」像であるというほかはない。これについては、下鳥朝代氏[注(8)]が、「後の文章から逆算的に冒頭を解釈しようとして、かえって物語の真意からは遠ざかった解釈ということになるのではないだろうか。」（三一一頁）と指摘する通りであろう。やはり「蝶めづる姫君」についていえば、「美しいものの「記号」としての「蝶」を好む姫君として登場しているのだと考えてよいはずである。」（三一二頁）とする下鳥氏のような理解が、ごく自然な読みとして妥当性を持ち得ていよう。注(9)

とはいえ、ただちに、「蝶めづる姫君」と「虫めづる姫君」との間に、「抜き差しがたい相違」（下鳥氏・三一一頁）を推知しうるかどうか、微妙なところではないだろうか。結果的にはそのような関係性が物語内に立ち現れているにしても、物語劈頭より、そのような見取りが可能かどうか、留保が必要であろう。

三　「虫めづる姫君」のイメージについて

ここであらためて読者の立場から問題を整理しておきたい。

本物語テクストにおいて、まず一番に読者の目に触れることになる情報というのは、「虫めづる姫君」ということばであるだろう。本文のどこにも、按察使大納言の姫君をしてそのようには表現されない「虫めづる姫君」ということばは、本書のタイトルとして、原本においても表紙に記されていたに違いない（題簽への記入かもしくは表紙への打ち付け書きなどによって）。このとき、「虫めづる姫君」ということばから、ただちに「奇怪」な姫君（さらには姫君の生活世界）を連想しうるとは考えにくい。そして、表題「虫めづる姫君」の次に、読者の目に触れることばこそは、冒頭の一文にある「蝶めづる姫君」なのである。そして、この一文が、表題にいう「虫めづる姫君」の紹介であるとは、まずは理解されるのであるが、この時、読者の脳裏においては、「蝶めづる姫君」と「虫めづる姫君」が、「かたはら」ということばを媒介にして、並び立つことになろう。はたしてそこには、呼称の形を同じくする姫君同士のどのような対称性が浮かび上がってくるであろうか。繰り返しになるが、タイトルにいう「虫めづる姫君」が、「奇怪」な趣味を持った姫君をただちに想像させる呼称たりえないことに留意しなくてはならない。

まず、表題「虫めづる姫君」のイメージを明らかにすることから、冒頭部の表現機構を検討し直すこととしよう。これが「蝶めづる姫君」の「かたはら」に存在し、なお、「按察使の大納言の御むすめ、心にくくなべてならぬさまに、親たちかしづきたまふこと限りなし。」と紹介されていることに注意したい。事前情報を抜きにして、それこそ虚心坦懐にこの一文に向き合うとき、「蝶」ではなく「虫」を愛でる、「奇怪」どころか雅な風もある姫君の姿、その好ましい暮らしぶりが、まずはイメージされてこないだろうか。注(10) これは、もちろん、意想外な展開を構える、物語作者の周到な戦略と考えられるのであるが、この一文によって、まずは表題「虫めづる姫君」から想起される姫君像が、「蝶めづる姫君」の「かたはら」と語り出されることによって、読者に好ましい感触をもって印象づけられることになるかと思われる。それでは、「奇怪」ではない、好ましい「虫めづる姫君」像とは、具体的にはどのような内実をもつものであろうか。

まず、「蝶」に並置（対置ではない）される「虫」といって、それがすぐさま、作中に見えるような、「よろづの虫の、恐ろしげなる」（四〇七頁）「恐ろしげなる虫ども」（四一一頁）や、姫君が好む「烏毛虫」「蟷螂」「蝸牛」（四一一頁）、はたまた童に名づけたような「けらを」「ひきまろ」「いなかたち」「いなごまろ」「あまびこ」（四一二頁）などを指すものではないことを確認したい。

王朝時代の美の規範に関わるものとして、『古今和歌集』を繙けば、巻第四「秋歌上」では、「蟋蟀いたくななきそ秋の夜の長き思ひは我ぞまされる」（一九六・忠房）以下、「蟋蟀」「松虫」「蜩」を詠みこんだ、虫関連の歌（単に「虫」とある歌も）が二〇五番まで続く。『古今集』以下、勅撰集の「秋」部では、「虫」を詠んだ歌群が見られるのが普通であり、「虫」は秋の代表的な景物の一つとして定着している。忠房の「蟋蟀」歌は、『和漢朗詠集』では素性の歌として収められているが、その『和漢朗詠集』上巻の目録では、「秋」の部立の中に、「立秋・早秋・七夕・秋興・秋晩・秋夜・八月十五日付月・九日付菊・九月尽・女郎花・萩・蘭・槿・前栽・紅葉付落葉・雁付帰雁・**虫**・鹿・露・霧・擣衣」というように「虫」がある。『和漢朗詠集』を踏襲する『新撰朗詠集』の「秋」でも、「秋夜」がない他は、『和漢朗詠集』と同じ内容であり、「虫」の部がある。注(11)『古今和歌六帖』六の「虫」の項では、「虫・蟬・夏虫・蟋蟀・松虫・鈴虫・蜩・螢・機織女・蜘蛛・蝶」と虫の名が挙げられ、虫を歌材とした歌がまとめられている。

以上、和歌資料に見える虫の例を見たが、これらが「虫」といって、王朝人にまずは想起される種類であったろう。和歌で詠まれる時、多く鳴く虫が取り上げられ、蟋蟀や松虫では、その鳴く声が秋の愁いやもの悲しさを誘うものとして歌われる。また、松虫には「待つ」の意が掛けられ、秋の人恋しい淋しい心境を詠む際に取り込まれる。それらの虫は、時に人恋しさを募らせるその鳴き声ゆえに、「蟋蟀いたくななきそ」（前掲）と呼びかけられることにもなるのであり、虫の声を辛さをまさらせるものとして忌避する詩文があるのは、『和漢朗詠集』などに見られるとおりである。

王朝人が、とりわけ虫の声に敏感に耳を傾け、好悪さえ覚えていたことは、様々な作品から窺える。『枕草子』には、周知のように「虫は」の段があり、「虫は、鈴虫。蜩。蝶。松虫。きりぎりす。はたおり。われから。ひをむし。蛍」（九八頁）などと、虫の名が列挙され、とくに「蓑虫」「額づき虫」「蠅」「夏虫」「蟻」については、「いとあはれなり」「いみじうあはれなり」「またあはれなり」「をかしけれ」「いとうとまし」「いとをかしうらうたげなり」「いとをかし」「をかしけれ」と、様々な評語をもって、虫にまつわる逸話が紹介されている。また、「笛は」の段では、「篳篥はいとかしがましく、秋の虫をいはば、轡虫などの心地して、うたてけ近く聞かまほしからず」（三三九〜三四〇頁）と、耳に不快な例として轡虫の鳴く声が挙げられてもいる。これは単に、清少納言ひとりの感性に帰してよいものではなく、おおかた同時代の人々において十分に共感しうる感覚として述べ立てられていよう。ある意味、当時の王朝人の、「虫」に対する関心の高さが窺える記述である。

再び和歌ということでは、「虫合」も看過できない。厳密には前栽合であるが、「天禄三年（九七二）八月二十八日規子内親王前栽歌合」では、その序文（源為憲によるか）に、「斎宮に、男女房分きて、御前の庭の面に、薄・荻・蘭・紫苑・芸・女郎花・刈萱・瞿麦・萩などを植えさせ給ひ、松虫・鈴虫を放たせ給ふ」云々と、歌合当日の情景が詳しく記録されており、以下、植えられた草花や放たれた虫の音を題に歌が合わせられ、歌の優劣を評する判詞と判歌（源順による）が示される。会の後の情景として、「風の音も夜寒になりゆくに、虫の声も鳴きあはせたり」と記され、人々のことばとして、「今夜まだ飽かぬものは、御前の花の色と虫の声とになむありける」と記されている。さらに、「貞元二年（九七七）八月十六日三条左大臣頼忠前栽歌合」では、やや格式張り、序文には「黄朽葉の籠に松虫をいれて、水の西の面なる岩のかたはらに据ゑ、赤朽葉の籠に鈴虫をいれて、下の岩の面に据ゑたり」云々と記され、「水上秋月」「岸辺秋花」「草中秋虫」の題で、それらの秋の風情が歌に詠み出されている。このように村上朝には、歌合や歌会の題材となるほど、成熟した虫の音の賞美があったことが知られるのである。また、『山家集』には、八条院、宮と申しけるをり、白河殿にて、女房、**虫**合せられけるに、人にかはりて**虫**具して、取り出だしける物に、水に月の映りたるよしを作りて、その心をよみける

行く末の名にや流れん常よりも月すみわたる白川の水

（山家集・一一八八）

とあって、詳細は不明ながら、八条院（暲子内親王）が姫宮と称せられていたとき、御前で女房が虫合をしたことが窺える。「虫合はせられけるに」とあり、以下、詞書の内容をも勘案すれば、これは物合としての「虫合」であろう。「虫具して」「取り出だしける」とあるから、自慢の虫を籠か何かに入れて白河殿に持参したのであり、その入れ物が、開催場所にちなんで白河の水に月が映った情景を造っていたことから、その入れ物の趣向に寄せて詠んだ歌が、「行く末の」歌である。「名にや流れん」とあるから、月夜に開催された「虫合」の風趣が、後世長く評判に残ることであろうと詠い、主催者である暲子内親王を言祝いでいる。虫の音と籠の趣向と、そして折に合った歌とが提出され、競われた遊戯が「虫合」であった。これなどは、「虫」が賞美されてこそのイベントといえるものである。[注(12)]

そして物語に目を転じれば、「虫」を賞美する場面は、それこそいくつも存在する。中でも『源氏物語』の、その名も「鈴虫」巻では、光源氏が出家した女三宮の庭前を秋の野原に造りかえ、そこに虫を放った上、虫の音を聞くことを口実にして、女三の宮の部屋にしばしば渡ってくる光源氏の姿が描かれる。八月十五夜の夕暮れ時、源氏はいつものように女三の宮の居所を訪れて語らう。その際、折から鳴き出した鈴虫の声にかこつけて、源氏が持ち出した話題というのは、次のようなものである。

「秋の虫の声いづれとなき中に、松虫なんすぐれたるとて、中宮の、遥けき野辺を分けていとわざと尋ねとりつつ放たせたまへる、しるく鳴き伝ふるこそ少なかなれ。名には違ひて、命のほどはかなき虫にぞあるべき。心にまかせて、人聞かぬ奥山、遥けき野の松原に声惜しまぬも、いと隔て心ある虫になんありける。鈴虫は心やすく、いまめいたるこそらうたけれ」（鈴虫―④・三八一～三八二頁）

秋好中宮がわざわざ遠い野原まで人を遣わし、松虫を捕まえさせて、西の町の前栽に放ったというのである。しかし、思ったほど鳴かなかったというので、松虫は隔て心のある虫だと源氏は評している。それに対して、いま現に女三の宮の前栽で盛んに鳴いている鈴虫については、愛くるしいといって褒めるのである。源氏の発言には、虫の好悪にこと寄せて女三の宮をなじる、未練がましさが見え隠れしているのであるが、それはともかくとして、秋の虫はどれも甲乙付けがたいといわれる中に、とりわけ松虫の声が優れているという秋好中宮の審美眼が披露されている点に注意しよう。これはほとんど、「虫（の声）めづる中宮」とでも呼びたくなるような、中宮の美意識からくるこだわりが表明されているくだりなのである。つとに、秋好中宮と虫の取り合わせということでは、「鈴虫」巻以前に、「野分」巻に次のような場面があったことが想起される。

中将下りて、中の廊の戸より通りて、参りたまふ。朝ぼらけの容貌いとめでたくをかしげなり。東の対の南のそばに立ちて、御前の方を見やりたまへば、御格子二間ばかり上げて、ほのかなる朝ぼらけのほどに、御簾捲き上げて人々ゐたり。高欄に押しかかりつつ、若やかなるかぎりあまた見ゆ。うちとけたるはいかがあらむ、さやかならぬ明けぐれのほど、いろいろなる姿はいづれともなくをかし。童べ下ろさせたまひて、虫の籠どもに露かはせたまふなりけり。紫苑、撫子、濃き薄き袙どもに、女郎花の汗衫などやうの、時にあひたるさまにて、四五人連れて、ここかしこの草むらによりて、いろいろの籠どもを持ちてさまよひ、撫子などのいとあはれげなる枝ども取りもてまゐる、霧のまよひは、いと艶にぞ見えける。吹き来る追風は、紫苑ことごとに匂ふ空も香の薫りも、触ればひたまへる御けはひにやと、いと思ひやりめでたく、心げさうせられて、立ち出でにくけれど、忍びやかにうちおとなひて歩み出でたまへるに、人々けざやかにおどろき顔にはあらねど、みなすべり入りぬ。

（野分―③・二七三～二七四頁）

六条院が野分に見舞われた日、中宮の秋の町を夕霧が見舞った時の場面である。東の対の南の側から、寝殿の方へと目をやると、ほのぼのとした朝明の中、若い女房たちがくつろいだ姿で高欄に寄りかかっている。女童たちは庭に下りて、虫籠に露をかけているというのであるが、敬語表現から、それが中宮の命によるものであることが見てとれる。童たちは様々な意匠の虫籠をてんでに持っては、撫子などを摘み取り、中宮に差し上げているようである。その後の文章は、いささか文意が取りにくいが、朝霧が立ちこめる中、追風も薫り豊かに感じられるほど、風趣に富んだ中宮の庭前の様子が、夕霧の視点から描出されているところである。紫の上の春の町では、野分に乱された前栽を気遣い、繕う様子が見いだされていたが、秋の町では、童を使って虫籠に露を掛けさせている様子がまずは注視されている。『源氏物語』の画帖など、

「野分」巻を絵画化するときによく採用される場面であり、秋好中宮が、とりわけ「虫」に心を留めていることが看取されるのである。それこそ、「虫めづる中宮」と呼んで過たない風情がここにはあるであろう。

ところで、『虫めづる姫君』の『源氏物語』引用ということでは、女装した右馬の佐と中将が「虫めづる姫君」を垣間見するくだりが、『源氏物語』「若紫」巻の北山の垣間見の場面を模すものであることが、下鳥氏[注13]によって指摘されていて、なるほど首肯される。と同時に、先の「野分」巻の場面も、これが虫にまつわる場面であるということにおいて、意識されてはいないだろうか。『虫めづる姫君』の当該場面は次のようである。

> 姫君の住みたまふかたの、北面の立蔀のもとにて見たまへば、男の童の、ことなることなき、草木どもにたたずみありきて、さて、言ふやうは、「この木に、すべて、いくらもありくは、いとをかしきものかな」と。「これ御覧ぜよ」とて、簾を引き上げて、「いとおもしろき烏毛虫こそ候へ」と言へば、さかしき声にて、「いと興あることかな。こち持て来」とのたまへば、「取り分つべくもはべらず。ただここもと、御覧ぜよ」と言へば、あららかに踏みて出づ。
> （四一四～四一五頁）

姫君は子分として使う男の童に庭を探索させて、虫を収集するのを日課としているのである。自分は簾の内側にいながら、童たちに指図しているのであるが、姫君と童の主従関係、虫の世話のために庭を探索させていること、何よりこれが垣間見の場面であることによって、前掲「野分」巻の中宮の御前の風景が思い合わされるのであり、ある意味、「野分」巻をパロディ化した場面として見ることもできるのではないか。「野分」巻で、垣間見ていた夕霧は、ゆったりと歩み出すことによって中宮方の人々に自分の来訪を知らせ、それを受けて人々は、「けざやかにおどろき顔にはあらねど、みなすべり入りぬ。」（二七四頁）とあるように、落ち着いた所作で部屋の中に膝行して隠れた。それに対して、『虫めづる姫君』ではどうかといえば、右馬の佐たちは、あろうことか童によって目ざとく発見されてしまい、覗かれていることを知った姫君は、「立ち走り、烏毛虫は袖に拾ひ入れて、走り入りたまひぬ」（四一七頁）という風であって、貴族的なたしなみという点において、両者には歴然とした懸隔がある。こうしたギャップも、物語作者が狙いとするところではなかったか。

以上、表題「虫めづる姫君」が喚起するイメージをめぐって、とくに「虫めづる」の具体的な内容・情景を、先行例に即して探ってきた。和歌の例や、とりわけ『源氏物語』の場面などを見れば分かるように、「虫めづる」のもたらす印象は、グロテスクなものではありえず、とくに「虫」という呼称が、秋の虫の総称たりうることからも、「虫めづる」行為が貴族的な雅趣に富んだものであることが、秋好中宮の〈虫めづる〉例に徴しても理解されるであろう。

四　「蝶」と「虫」の取り合わせ――春秋優劣の観点から

さて、ここで、再び「蝶めづる姫君」に立ち戻りたいのであるが、この「蝶めづる姫君」の「かたはら」とされることで、「虫めづる姫君」が、風情を解する雅な姫君としてイメージされることになることは、前に述べたとおりである。そして、「蝶」と「虫」、この関係を『源氏物語』を参考に整理し直すとすれば、まさにこれは「蝶＝春」と「虫＝秋」というような取り合わせ、すなわち春秋の並列関係として図式的に捉えうるのではないだろうか。無論、『源氏物語』にその対称性を求めれば、春秋優劣論において知られるように、春を好む紫の上と、秋を好む中宮との競争的関係が想起されることになろう。

春秋の定めにおいて、秋好中宮が秋に心を寄せていることについては、「薄雲」巻に、光源氏の問いかけに応える形で表明されていたわけだが、その折、光源氏は六条院の構想の一端を、「秋の草をも掘り移して、いたづらなる野辺の虫をも住ませて」（薄雲―②・四六二頁）云々と語っている。もちろん、中宮（この時斎宮の女御）が、秋に親炙するというのは、かつて斎宮に卜定した折り、野宮で精進潔斎していた頃の嵯峨野の情景が、物語の記憶として遥かに響いているからであろう。「賢木」巻には、野宮の六条御息所を訪れる光源氏の嵯峨野行として、「はるけき野辺を分け入りたまふよりいとものあはれなり。秋の花みなおとろへつつ、浅茅が原もかれがれなる虫の音に、松風すごく吹きあはせて、そのこととも聞きわかれぬほどに、物の音ども絶え絶え聞こえたる、いと艶なり。」（賢木―②・八五頁）と描き出されていた。そして、春秋優劣論が紫の上との間に口火を切ることになるのは「少女」巻である。中宮は美しい花紅葉を紫の上に贈って、秋の風情を見せつける。これに対するに、紫の上は春の季節の到来を待ち、「胡蝶」巻において、光源氏が企画した盛大な船楽と遊宴にたすけられ、春の美をもって中宮を圧倒することとなる。中宮の季の御読経の折に、紫の上は供花を奉ったが、その際、鳥と蝶の装いをさせた童八人を遣るという趣向の懲らしようで、とりわけ中将の君（夕霧）から伝えられた紫の上の歌に、次のようにあることが注意されるのである。

花園の胡蝶をさへや下草に秋まつ虫はうとく見るらむ　　（胡蝶―③・一七二頁）

この歌において、「胡蝶」と「松虫」が、同時に詠みこまれていることに注意したい。「胡蝶」とは、この場合、春の雅を代表する景物として詠まれており、蝶の装いをした女童に擬えられていることから、他でもない春の町の主人・紫の上を暗示していよう。対するに、「松虫」とは、「秋待つ虫」とも表現されうるように、秋の町の主人・中宮を指すことは明らかである。このようにして、秋好中宮は、秋の景物の中でも、とりわけ「虫」と縁深く結ばれる。前掲「野分」巻で、虫をいたわっているように、また前掲「鈴虫」巻で、光源氏が語っていたように、秋好中宮においては、秋の風情の中心に位置するのが「虫」なのであった。『源氏物語』の春秋優劣の定めにおいて、先の紫の上の歌が象徴的であるように、「蝶」と「虫」とが、それぞれの季節を代表する景物として、取り合わせられていることを押さえておきたい。

さて、このように見てきて、「蝶めづる姫君」と「虫めづる姫君」が、「かたはら」とあるように、並列的に紹介されていることは、少なくとも、冒頭の時点では、いずれも雅な姫君としてイメージされるべく、語り出されていると見てよいことになろう。この「かたはら」という語については、これが決して、対等な二つを並列的に語るものではなく、優劣がつけられているとして、「冒頭の「かたはら」という語は、そのこと（筆者注：「虫めづる姫君」が正統から外れる反王朝的存在ということ）を端的に示すとともに、「虫めづる姫君」が、「蝶めづる姫君」よりも劣位にあることを、明らかに示しているのである。」（一五頁）とする齋藤奈美氏の論[注(14)]もあるが、必ずしもそうではあるまい。たとえば、『源氏物語』に、「この殿の姫君の御かたはらには、これ（注：薫）をこそさし並べて見め」（竹河・⑤―六八頁）、「宮たちの御かたはらに（薫ヲ）さし並べたらんに、何ごとも目ざましくはあらじを」（宿木・⑤―三七七頁）などとあるように、釣り合いのとれたペアをいう場合にもよく見られる語である。また、次のように、「〈かたはら〉の情趣」とでもいってよいような、隣り合った者同士の対称性を浮かび上がらせる行文の例もある。

大弐高遠ものいひ侍りける女の家のかたはらに、また忍びてものいふ女の家侍りけり、門の前より忍びてわたり侍りけるを、いかでか聞きけん、女のもとよりつかはしける

読人不知

すぎてゆく月をもなにかうらむべきまつわが身こそあはれなりけれ

かへし

大弐高遠

すぎたてるかどならませばとひてまし心のまつはいかがしるべき（後拾遺・恋二・六八九、六九〇）

元輔が昔住み侍りける家のかたはらに、清少納言住みけるころ、雪いみじくふりて、へだての垣もたふれて侍りければ、申しつかはしける

赤染衛門

跡もなく雪ふる里はあれにけりいづれ昔の垣根なるらむ（新古今・雑上・一五八〇）

以上を見れば、まさしく「○○めづる姫君」というように、呼称の形が同じであることによって、両者がひとまずは同じ地平に立ち並ぶことになるのであり、「蝶」と「虫」といった対蹠的な関係（それこそ春秋

優劣論でも勃発しそうな）が、物語世界にどのような膨らみを持たせて行くことになるのかが、焦点化されるところであろう。「虫めづる姫君」のイメージについては、二行目以下において、グロテスクな様相が語り出されることで、読者の想像は早くも顛倒させられていくのであるが、その「虫めづる姫君」の発言、

この姫君ののたまふこと、「人々の、花、蝶やとめづるこそ、はかなくあやしけれ。人は、まことあり、本地たづねたるこそ、心ばへをかしけれ」とて、よろづの虫の、恐ろしげなるを取り集めて、「これが、成らむさまを見む」とて、さまざまなる籠箱どもに入れさせたまふ。（四〇七頁）

というように、隣家の「蝶めづる姫君」への対抗心がエキセントリックなまでにむき出しにされていて、それこそ熾烈な春秋優劣争いならぬ「蝶」と「虫」の優劣論争が展開されることになるというのが、本物語の趣向の一つであるのではないだろうか。

五　おわりに

以上、本稿では冒頭部の一文に立ち止まって、縷々考察を述べてきたわけだが、春秋優劣論に擬えてする「蝶」と「虫」という見取りが、この先、物語においてどのように展開していくことになるかは、あらためて検討したい。それこそ、先学によって様々に論じられているような、「虫めづる姫君」じしんの結

婚問題にまで発展する議論と、どのように切り結ぶことになるのか、慎重に考えなければならない。「虫めづる姫君」の特異な人物像に、作者の批判精神を窺う論もあるが、[注(15)] 畢竟、『虫めづる姫君』の読みとりとしては、三角洋一氏[注(16)]が、「姫君を批判するとか、姫君を通して社会を風刺するというような意図もなく、ただ一風変った姫君を活写していることが、この物語の生命であると思う。」（九九頁）というところも、一面、真実を指摘していると思われる。この「奇怪」でありながら、愛くるしささえ感じさせる個性的な姫君は、右馬の佐にみとめられてもいるような、生来の美しさを持ち合わせていることもさることながら、貴族的な教養を感じさせるところがある。おそらくそれは、隣家の「蝶めづる姫君」への対抗心が、姫君の「虫めづる」論理を支えていることとも無関係ではあるまい。形こそ違え、『源氏物語』に見られたような、風情ある春秋優劣論の余香が、『虫めづる姫君』には感じられる。このことが、短編物語としての『虫めづる姫君』の理解にどう影響するのかについては、本稿の射程とともにあらためて考えたい。

※『虫めづる姫君』『源氏物語』『枕草子』本文の引用は、「新編日本古典文学全集」（小学館）により、表記を一部改めたところがある。また、和歌の引用は、『新編国歌大観』（角川書店）により、一部表記を改めて用いている。

注

（1）「虫めづる姫君」とは何者なのか、という問いを立てる論として、神田龍身『物語文学、その解体―『源氏物語』「宇治十帖」以降―』（有精堂、一九九二年）の第二部のⅦ章「ミニチュアと短篇物語―『堤中納言』―」

（初出一九七九～一九八八年）、阿部好臣『物語文学組成論Ⅱ 創生と変容』（笠間書院、二〇一一年）の第三章の一六「引用構造の自己同一性―「虫めづる姫君」論ふたたび」（初出一九八四、一九八五年）、池田和臣『源氏物語 表現構造と水脈』（武蔵野書院、二〇〇一年）のⅣの20「文学的想像力の内なる『虫愛づる姫君』―もうひとりのかぐや姫―」（初出一九九四年）が、先見的かつ問題提起的で、今なお示唆的であるが、本稿はこれら諸論に合流することを必ずしも意図しない。

（2）上坂信男「〈堤中納言物語〉の虫めづる姫君」（『國文學』一九六九年一〇月）は、「王朝的貴族的趣味嗜好を象徴する「蝶めづる姫君」」（七〇頁）と称している。

（3）塚原鉄雄『新潮日本古典集成 堤中納言物語』（新潮社、一九八三年）の「虫愛づる姫君」の頭注一の指摘。

（4）前掲注（3）に同じ。

（5）山岸徳平編『堤中納言物語・大鏡（日本古典鑑賞講座 第十巻）』（角川書店、一九五九年）八八頁脚注、また山岸『堤中納言物語全註解』（有精堂、一九六二年）二八五頁語釈。

（6）鈴木一雄『堤中納言物語序説』（桜楓社、一九八〇年）二八一頁。

（7）保科恵「蝶愛づる行為は是か―虫愛づる姫君の用語「かたはら」―」（『望月郁子先生喜寿記念論集 ことばを楽しむ』二〇一一年、所収）

（8）下鳥朝代「虫めづる姫君の生活と意見―『堤中納言物語』「虫めづる姫君」をよむ―」（『狭衣物語が拓く言語文化の世界』翰林書房、二〇〇八年、所収）

（9）同様の理路での批判は、辛島正雄『中世王朝物語史論 上巻』（笠間書院、二〇〇一年）の第Ⅲ部の三「『虫めづる姫君』管見―「かは虫」と〈少女〉―」（初出一九九四年）によってなされており、辛島氏は「現実を享楽する、むしろ平均的な姫君を、ここでは「蝶めづる姫君」と呼んだものであろう。」（三一六頁）とまとめる。

（10）姫君の父親が按察使の大納言であり、親からとくに「かしづか」れていると語られていることも、良家の箱入り娘という、姫君の当初イメージの形成に大きく与るものである。姫君の父親が按察使大納言であることで、将来の入内を想起させることについては、久下晴康（裕利）『平安後期物語の研究狭衣浜松』（新典社、一九八四年）の第二章の三「『狭衣物語』の影響―「物語取り」の方法から―」が、また、姫君が親たちに「かしづか」れていることから、結婚にふさわしい申し分のない姫君が予期されることについては、小島雪子「物語史における「虫めづる姫君」（下）―笑われる姫君の物語とのかかわり―」（『文芸研究』一六〇、二〇〇五年九月）が、いずれも物語一般の例に徴して説いていて首肯される。

(11)『新撰朗詠集』「虫」部の著名歌「かしがまし野もせにすだく虫のねや我だに物はいはでこそ思へ」（三一三）が摂取されている文学テクストの解釈をめぐっては、須藤圭「「虫の声々、野もせの心地」の遠景―『狭衣物語』における引用とその享受」（井上眞弓・乾澄子・鈴木泰恵・萩野敦子編『狭衣物語 文の空間』翰林書房、二〇一四年、所収）を参照。

(12)奇しくもというべきか、かつて澁澤龍彦が、「幻妖のコスモロジー」という文章で、「『堤中納言物語』の背景には、当時の宮廷生活における歌合の雰囲気が色濃く反映しており…（中略）…「虫めづる姫君」における虫類も、「よしなしごと」において列挙される物品の名前も、いずれも歌合的な意味におけるオブジェではなかろうか」といい、「私は「虫めづる姫君」を、一種の「虫合」と考えたいのである。」（三三二頁）といっていたのは示唆的である（『幻妖 日本文学における美と情念の流れ』現代思潮社、一九七二年、所収。新装版一九八六年。のちに『澁澤龍彦全集 11』河出書房新社、一九九四年、に収録）。なお、「虫（籠）合」についていえば、『在明の別』巻二に、女院の御前で女房・公卿・殿上人たちが左右に分かれて、虫籠の意匠を競い合う場面があることが注意される。また『恋路ゆかしき大将』巻二には、野分の翌朝、女二宮の童たちが「虫屋」を持って庭に下りている光景が描かれ、これは『源氏物語』「野分」巻の影響であろうが、この幼い女二宮が、「あはれ、雛屋に虫のゐよかし。一つにあらば、いかに嬉しからん」というのを受けて、恋路大将が虫も雛も同居できるような巨大な雛屋（内裏や郊外の名所も集積したジオラマ）を作るという挿話があるが、これらは『虫めづる姫君』を考える上で重要な資料となろう。桜井宏徳「『恋路ゆかしき大将』の「雛」と「雛屋」をめぐって―箱庭の中の人形愛―」（『古代中世文学論考　第二十集』新典社、二〇〇七年、所収）が同様の観点を鋭く示唆している。

（13）下鳥朝代「「虫めづる姫君」と『源氏物語』北山の垣間見」（『国語国文研究』九四、一九九三年七月）

（14）齋藤奈美「「虫めづる姫君」の構造―「かたはら」からの反転―」（『文芸研究』一四四、一九九七年九月）

（15）大倉比呂志『物語文学集攷―平安後期から中世へ―』（新典社、二〇一三年）の第一部の五「堤中納言物語（1）〈末法〉への挑戦」（初出二〇〇〇年）は、〈末法〉への不安を打破するために、王朝の姫君としてはいささか破天荒な姫君が造型されたと説く。

（16）三角洋一『堤中納言物語　全訳注』（講談社学術文庫、一九八一年）

『ほどほどの懸想』覚書
――〈三〉という数字への〈こだわり〉をめぐって――

大倉比呂志

一　はじめに

『堤中納言物語』には「冬ごもる空のけしきに」の書き出しで始まる一編の断簡と一〇編の短編物語が所収されているわけだが、小稿で取り上げる『ほどほどの懸想』は断簡に次いで、一〇編のうちでは最も短い物語である。そのことと関連していると考えられるが、例えば『虫めづる姫君』と比較してみると、『ほどほどの懸想』の論文数は極めて少なく、開発途上の小作品といえよう。小稿では『ほどほどの懸想』における聖数のひとつである〈三〉という数字への〈こだわり〉と『堤中納言物語』における他の所収作品と『ほどほどの懸想』との相関関係を中心に、愚考を述べていきたいと思う。

二　『ほどほどの懸想』における〈三〉という数字への〈こだわり〉

『ほどほどの懸想』では三組の恋模様が語られており、第一話における頭中将に仕える小舎人童と故式部卿宮の姫君（以下、姫君と称する）に仕える女童との恋は、

とりどり思ひ分けつつ、物言ひたはぶるるも、何ばかり、はかばかしきことならじかしと、あまた見ゆる中に、いづくのにかあらむ、薄色着たる、髪はぎばかりある、かしらつき、やうだい、なにも、いとをかしげなるを、頭中将の御小舎人童、思ふさまなりとて、いじみくなりたる梅の枝に、葵をかざして取らすとて、

梅が枝に深くぞたのむおしなべてかざす葵㋑のね㋺も見てしがな

と言へば、

しめのなかの葵にかかるゆふかづらくれどね㋩ながきものと知らなむ

と、おし放ちていらふも、されたり。

とあるように、二人の間で歌の贈答がなされており、㋑「葵」に「逢ふ日」、㋺㋩「ね」に「根」と「寝」がかけられている。二人の関係は、「ほどほどにつけては、かたみに、いたしなど思ふべかめり。その後、常に行き逢ひつつも語らふ」状態となり、恋の成就が語られている。二番目の恋は、頭中将に「若くて候ふ男」が相手を特定せずに恋文を小舎人童に託したために、小舎人童から「『はかなの御懸想かな』」と言われてしまう。三番目の恋は、頭中将と姫君とに関わるものだが、文末は「いかで言ひつきしなど、思し

けるとかや」で擱筆している。

この三組の恋に関して、

　小舎人童と女童との恋は純真に、若い男と女房との恋はやや無責任な遊び、頭中将と姫君との恋は決断力に欠ける薫（中略）型の貴族の恋と、恋の諸相も三つにまとめられている。[注(1)]

と概説されているように、身分の下位者同士から上位者に及ぶ三つの恋のかたちが語られているわけだが、小舎人童と女童との恋がそれ以降の恋を領導している点を考えると、二人は主役の座を占めているといえよう。すなわち、二番目と三番目の恋を領導していくのが下位者たる小舎人童と女童であって、彼らの恋の内容が身分の中位者や上位者のそれと比較して、最も情熱的であることから、恋における下剋上という立場を獲得しているともいえよう。

　また、文末の「いかで言ひつきしなど、思しけるとかや」という一文の解釈をめぐって、「言ひつく」を情交する意味に解する説[注(2)]と、「言い寄る」と解する説[注(3)]が提示されているが、それに対して後藤康文[注(4)]は疑義を唱え、『ほどほどの懸想』における三つの恋を(1)「『あふ』段階にまで達した恋」(2)「今まさに『いひつく』段階に至った恋」(3)「ようやく『いひよる』段階にある恋」と考え、「三者の『懸想』の様相は、その達成度の順にしたがって『あふ』、『いひつく』、『いひよる』の三段階に截然と区別できる」として、「かりに頭中将が〈後悔〉もしくは〈反省[注(5)]〉したと読むのであれば、ふたりの間にはすでに肉体関係が生じていて彼がそれを後悔・反省したと考えることも、また、自らの求愛行動について彼が後悔・反省の念を覚えたと考えることも、ともに正解とはいえない」とし、文末の「言ひつき」は「姫君との間に交際の端緒が開かれた、文通によって言葉を交わしあうようになっ」て、「歌の贈答が成立した」と解すべきであると論じた。だが、いずれにしても身分の下位者の恋から上位者のそれに変遷していくにつれて、恋の情熱度は反比例的に下降していくのであり、後藤説に立脚して考察してもその点は変わらないのであって、前述したごとく、『ほどほどの懸想』では恋における下剋上的な様相が語られようとしたのではなかろうか。

ところで、姫君は「例のことと言ひながら、なべてならず、ねびまさりたま」い、故父宮も姫君を入内させようと決意していたが、それも今となっては実現不可能な状態となった。小舎人童が姫君は美人かと尋ねた時、女童は、

「見たてまつらむ人々ののたまふやうは『よろづむつかしきも、御前にだに参れば、慰みぬべし』とこそ、のたまへ」と語らひて……

と答えている点から、姫君が美人であるのはもちろんのこと、傍線部に注目すると、そこに〈かぐや姫〉との類似性が想定されてこよう。というのは、『竹取物語』冒頭部において、「この児のかたちの顕証なること世になく、屋の内は暗き所なく光満ちたり。翁、心地悪しく苦しき時も、この子（注―〈かぐや姫〉）を見れば、苦しきこともやみぬ。腹立たしきこともなぐさみけり」と語られているからだ。その〈かぐや姫〉は冒頭部から、

○三寸ばかりなる人、いとうつくしうて（竹ノ筒ノ中ニ）ゐたり。

○三月ばかりなるほどに、よきほどなる人になりぬれば、……

○（〈かぐや姫〉ノ命名ヲ祝ッテ）三日、うちあげ遊ぶ。

と語られており、求婚者のひとりは、

○（石作の皇子ハ）三年ばかり、大和の国十市の郡にある山寺に賓頭盧の前なる鉢の、ひた黒に墨つきたるを取りて、錦の袋に入れて、作り花の枝につけて、かぐや姫の家に持て来て、見せければ、……

とあって、また、帝との関係は、

○（帝ト文通ヲ始メテ）三年ばかりありて、春のはじめより、かぐや姫、月のおもしろういでたるを見て、つねよりも、物思ひたるさまなり。

とあるごとく、〈三〉という数字が多く用いられ、さらには、五人の貴公子のうち最初の身分的上位者である三人が各々の冒頭においてどのように語られているのかを見ていくと、

○石作の皇子は、心したくある人にて、……

○くらもちの皇子は、心たばかりある人にて、……

○右大臣阿部御主人は、財豊かに家広き人にておはしけり。

とある一方、あとの二人は冒頭で、

○大伴御行の大納言は、我が家にありとある人集めて、……

○中納言石上麿足の、家に使はるる男どものもとに、……

と語られている。二人の皇子と右大臣の三人は、各々の性格や経済的状態が冒頭で提示されている一方、大納言と中納言は〈かぐや姫〉から提示された難題を解決するために自身で行動を起こしているところから語り出されているのであり、前述の三人とは異なった語られ方がなされている点が重要なのだ。

　そのうえ、〈かぐや姫〉が五人の貴公子たちに難題を提示した件は、

かぐや姫、石作の皇子には、「仏の御石の鉢といふ物あり。それを取りて賜へ」といふ。くらもちの

皇子には、「東の海に蓬萊といふ山あるなり。それに、銀を根とし、金を茎とし、白き玉を実として立てる木あり。それを一枝折りて賜はらむ」といふ。いま一人（注―右大臣阿部御主人）には、「唐土にある火鼠の皮衣を賜へ」。大伴の大納言には、「龍の頸に五色に光る玉あり。それを取りて賜へ」。石上の中納言には、「燕の持たる子安の貝取りて賜へ」といふ。

と語られており、傍線部に関して片桐洋一[注(6)]が、

注意すべきは第三番目の阿部の右大臣に「いま一人には」とあること、言い直せば、「いま一人には……」と言いながら、三人をまとめてしるしている不思議さである。……現『竹取物語』の基盤となった古『竹取物語』では、三人目の阿部の右大臣こそが「いま一人」、つまり最後の一人であることを示しているのではないかと考えられてくるのである。……前の三人は贋物であっても、とにかく形を整えて宝物を持参したのに対し、後の二人は宝物を手にすることができなかったばかりか、……天下の人のあこがれの的であるかぐや姫の婿がねにはふさわしくない形でその失敗が描かれているのである。後の二人の物語は、話をおもしろおかしくするために、本来、求婚者になりえない烏滸者をあえて登場させた烏滸物語になっているのである。……加えていえば、『今昔竹取』と同じく、現『竹取物語』も「三」という数が構想と構成の基盤になっている……求婚者三人が本来の形であったという可能性があらためて納得されるのである。

と指摘しているごとく、〈三〉という数字に対する〈こだわり〉が顕在化しており、それが『ほどほどの懸想』の三組の恋が語られていることに影響を及ぼしているのではなかろうか。その点からも『竹取物語』の享受を考えておく必要があろう。すなわち、三組の恋模様を記した『ほどほどの懸想』の作者は

「物語の出で来はじめの親」（『源氏物語』絵合巻）である『竹取物語』を意識したために、〈三〉という数字を重視したのではなかろうか。さらには、中編物語で〈かぐや姫〉に対する五人の貴公子と帝の求婚絵巻が語られている『竹取物語』を短編物語の体裁にして、三組の恋模様に仕立てられたのではないのか。そこに『竹取物語』の再生の一面を見るのである。

三　『ほどほどの懸想』と他の『堤中納言物語』所収作品との相関関係

『ほどほどの懸想』における三組の恋模様の話は、『このついで』における三つの話、それも最初の話は恋に関わるものであるという点から、『このついで』と『ほどほどの懸想』とは相関関係にあるのではなかろうか。ちなみに、文永八年（一二七一）に成立した『風葉集』には『ほどほどの懸想』の作中和歌が一首採られているのに対して、『このついで』のそれは採られていない点から、一応は『ほどほどの懸想』から『このついで』への影響が考えられよう。

そこで、『このついで』の三話とは、

(1)忍びの恋の不安定な愛を一時的にでも獲得した話（北の方＝正妻）には秘密裡に姫君のもとに通っていた男が二人の間に生まれた子供を連れて出て行こうとしたところ、姫君の口ずさんだ歌「こだにかくあくがれ出でば薫物のひとりやいとど思ひこがれむ」が効を奏して、男は感動してその夜は姫君のもとに泊ったのであるから、いわゆる歌徳説話であり、姫君の立場からすれば、一時的である可能性もあるが、恋の成就とも受け取れる。

(2)清水に参籠して、明日満願の前日の夕方、風が激しく吹いて木の葉が散り乱れた折、隣の局の女性が「いとふ身はつれなきものを憂きことをあらしに散れる木の葉なりけり＝風の前なる」という歌を詠むのを聞いて、哀れを感じた話（厭世）。

(3)東山に参籠している伯母を追いかけて行ったところ、身分ある女性が剃髪しようとして、法師と押し問答をした末に、尼になった話（出家）。

という内容であり、(1)は姫君からすれば〈暗〉から〈明〉へ、(2)(3)は順に〈暗〉の要素が強調されていくが、三谷栄一[注(7)]は冒頭部で「后が物思いにふけるということは、当時の習俗からいって、帝の寵愛が遠ざかっていることを意味し」、薫物には「帝の寵愛を呼び起こそうとする呪的な役割を担っている」として、巻末において「帝の渡御はこの上もない喜びになったに相違ない。文末の『少将の君も隠れにけりとぞ』という文章は、三人の中でも出家譚を語った少将の君に連なっており、逆に后の喜びを強調することになっている」のであり、〈めでたし式〉で話が収束されると述べている見解に従うと、巻末における帝の来訪が第三話の〈暗〉の雰囲気を一挙に吹き飛ばし、〈明〉に逆転させる作用を担っているといえよう。

これは『ほどほどの懸想』とは次元を異にするものの、三話から構成されており、第一話は恋に関わり、第二・三話も恋の直接的な言説はないものの、最後には帝と后との恋の成就でこの物語が収束した点から推測すると、失恋のごとき不如意な状況が原因となって、厭世ないしは出家に到ったとも考えられよう。とすれば、『このついで』と『ほどほどの懸想』との緊密な類似性がうかがわれ、前述したごとく、『風葉集』における作中和歌摂取の有無により、前者は後者の影響を受けていると考えられよう。以上のことにより、『このついで』は『ほどほどの懸想』を意識的に継承したものであるといえるのではなかろうか。[注(8)]

ところで、鈴木一雄[注9]は『堤中納言物語』に関して、『源氏物語』鑑賞、享受の結果、『源氏物語』の一巻一帖のような構成をそのままに、その長篇物語としての枠組みを取りはずして、それだけのものとして新生していったものと考えて無理がないと思われる。

と『源氏物語』との関係を指摘し、さらに、『逢坂越えぬ権中納言』『花桜折る少将』『このついで』『ほどほどの懸想』『貝合』の五作品には共通する作風があると論じた。[注10]ちなみに、『六条斎院禖子内親王物語合』によれば、『逢坂越えぬ権中納言』は天喜三年（一〇五五）五月三日庚申の夜、小式部という女房が提出したことが判明している唯一のもので、あとの四作品は『このついで』を除いて『風葉集』に作中和歌が採られているわけだが、[注11]『ほどほどの懸想』と『このついで』との類似性に関しては前述したので、〈三〉という数字と『花桜折る少将』と『虫めづる姫君』との関わりについて述べていくことにする。

さて、『花桜折る少将』では冒頭部で男主人公をめぐる過去・現在における恋の不毛が語られている点から、未来におけるそれも不毛となる可能性が推測され、[注12]巻末で姫君の代わりに出家していた老祖母である尼君を暗闇の中で誤って盗んで来たことから、その不毛性が証明されるわけだが、この作品も過去・現在・未来における三時期の男主人公の恋模様が語られているのであって、やはり〈三〉という数字への〈こだわり〉を指摘できよう。

また『虫めづる姫君』においても、毛虫好きな姫君の特異性をめぐって、両親、姫君に仕える女房たち、姫君を垣間見た右馬助と中将の三層の批判・批評が姫君側の〈内〉から〈外〉に向かって遠心的に語られている点を考えると、この作品においても〈三〉という数字への〈こだわり〉が看取されるのではなかろうか。さらには、新旧の女をめぐっての三角関係が語られている『はいずみ』にも、〈三〉という数字への〈こだわり〉現象を見過ごすことはできまい。

以上のように俎上に載せた『堤中納言物語』所収の諸作品は当然のことながら、素材としては差異があるものの、恋の種々なる状況を絡ませながら、〈三〉という数字への〈こだわり〉を顕在化させているのだ。

四　おわりに

〈三〉という数字への〈こだわり〉が『堤中納言物語』所収の『ほどほどの懸想』『このついで』『花桜折る少将』『虫めづる姫君』の四作品に表出されているのを見てきたわけだが、その原点は『竹取物語』における〈三〉の多出性にあると考えられる。しかし『源氏物語』において、例えば朧月夜をめぐっての朱雀帝と光源氏、浮舟をめぐっての薫と匂宮のごとき三角関係が語られていると同時に、帚木巻の雨夜の品定めにおいて、左馬頭に領導され、繰り広げられた女性談義で登場する女性たちは、

(1)左馬頭の体験談—指喰い女注(13)
(2)左馬頭の体験談—浮気な女
(3)頭中将の体験談—内気な女
(4)式部丞の体験談—博士の女

の四例であり、また、同じ『堤中納言物語』に所収されていても、『思はぬ方に泊りする少将』では故大

納言の姫君姉妹と少将・権少将という親戚同士の貴公子との偶然による四角関係が語られている点からも、すべてではないにせよ、『堤中納言物語』所収作品における〈三〉という数字への〈こだわり〉傾向は特異性となって現出していると同時に、それが『堤中納言物語』の特色のひとつともなっているのだ。なお、『堤中納言物語』の編者がなぜ〈三〉という数字を内包した作品を多く集めて取り入れたのか、それとも全くの偶然でそのような結果になったのかについては、今後の課題としたい。

＊

『竹取物語』『源氏物語』『堤中納言物語』所収作品の本文は新編日本古典文学全集、『風葉集』のそれは岩波文庫『王朝物語秀歌選』によるが、本文の一部を私に改めた個所があることを御断わりしておく。

注

(1) 稲賀敬二　新編日本古典文学全集『堤中納言物語』の「題名」の項目。
(2) 松村誠一　日本古典全書『堤中納言物語』、寺本直彦　日本古典文学大系『堤中納言物語』など。
(3) 三角洋一　講談社学術文庫『堤中納言物語』、塚原鉄雄　新潮日本古典集成『堤中納言物語』、大槻修　新日本古典文学大系『堤中納言物語』、稲賀敬二　新編日本古典文学全集『堤中納言物語』、池田利夫　笠間文庫『堤中納言物語』など。
(4) 後藤康文「『ほどほどの懸想』試論—頭中将は後悔したか—」(「国語国文」一九九三年七月)。
(5) 最近のものでは、〈後悔〉と解するのは三角洋一や池田利夫、〈反省〉と解するのは大槻修であり、各々注(3)に掲げた注釈書類を参照されたい。
(6) 片桐洋一　新編日本古典文学全集『竹取物語』解説。

（7）三谷栄一・稲賀敬二　鑑賞日本古典文学第12巻『堤中納言物語・とりかへばや物語』（角川書店、一九七六年十二月）の『堤中納言物語』の『このついで』の本文鑑賞の項。

（8）稲賀敬二は注（1）前掲書解説において、

「八条の宮」に住む「式部卿の宮」ということで実在の本康親王（私云―生没年？―延喜二年〈九〇二〉。仁明天皇第五皇子で、香の調合の名人と言われた）を連想しつつ、『源氏物語』梅枝巻にもこの人があったと思い出す読者は、梅枝巻の薫物合の場面を介して、「このついで」と「ほどほどの懸想」両作品が細い糸でつながりそうだという予感を持つかもしれない。

と、述べている。

（9）鈴木一雄「Ⅰ『堤中納言物語』序説㈡短編物語の作風について」（『堤中納言物語序説』桜楓社、一九八〇年九月）

（10）鈴木一雄「Ⅱ『堤中納言物語』の作風とその成因をめぐって」（注（9）前掲書）。

（11）『花桜折る少将』は『風葉集』（巻第二・春下・一〇三）には

花の散るころ、人のまうできたりけるに　　花桜折る中将散る花を惜しみおきても君なくはたれにか見せむ宿の桜を

とあり、『花桜折る少将』でも中将の作として記されているが、「少将」という名称を持った人物は登場しない。

（12）大倉『物語文学集攷―平安後期から中世へ―』第一部五の⑶（新典社、二〇一三年二月）で触れておいた。

（13）これらの小見出しは注（1）前掲書のそれによる。以下同断。

『逢坂越えぬ権中納言』を読む

久下裕利

一　はじめに

『逢坂越えぬ権中納言』は天喜三（一〇五五）年五月三日に開催された六条斎院禖子内親王家における物語歌合（廿巻本類聚歌合）に提出された十八編の物語の中で唯一現存する物語で、作者も小式部という女房だということが知られて、『堤中納言物語』の他の物語の成立時期や作風の検討にあたっては基準となる物語となっている。

またその題名が依拠した「人しれぬ身は急げども年をへてなど越えがたき逢坂の関」（後撰集、恋三、伊尹、七三一。一条摂政御集）によって、物語内容の展開までを予示していて、退嬰的な物語趣向に沿う男主人公権中納言の造型等、『源氏物語』以後の物語としていわばサロン文芸の正統的とも言い得る物語世界を出現させている。

つまり、そうとすれば物語歌合において『あらば逢ふよのと嘆く民部卿』を提出した左方の統括責任者である出羽弁の意を汲んで、年若い小式部は物語の主題提示型題号命名の統一のみならず、前評判の高い祐子内親王（禖子の姉）家の同僚女房である小弁を左方に引き入れたこと（後拾遺集、雑一、八七二・四）なども、その作風形成の由因となるべき素地があったのではないかと思われてくる。注(1)

二　姿を消した蔵人少将

「五月待ちつけたる花橘の香も、むかしの人恋ひしう」と周知の古歌を注(2)踏まえて始められ、冒頭に据えられる主人公は既に姫宮注(3)への恋もままならぬ憂愁を抱え込んでいた。うかぬまま自邸にふさき込んでいたところへ、宮中での管絃の宴に帝からのお召しで蔵人少将が使者としてきたので、権中納言はしぶしぶ参内することとなった。興が乗らない管絃の宴が済むと中納言注(4)は中宮のもとを訪れ、根合のあることを知り、右方を応援する三位中将に対して、中納言は左方に加担することとなった。その根合で左方に勝利をもたらした中納言が、その後の歌合つづく管絃の遊びの場といずれも中心的な存在として物語に位置づけられるのだが、一方主人公中納言をむかえにきた蔵人少将は歌合の場でいったん姿を隠した存在となるように従来の注釈史は捉え、ひき続き行われる管絃の遊びの場で、突如催馬楽「伊勢の海」を謡う蔵人少将の出現に何ら疑問を呈しなかったのである。ここにはその歌合(イ)と管絃(ロ)の場の本文を掲げる。注(5)

(イ)根合はてて、歌の折になりぬ。左の講師左中弁、右のは四位の少将、読みあぐるほど、小宰相の君など、いかに心つくすらむと見えたり。「四位の少将、いかにおくすや」と、あいなう、中納言後見《うしろみ》たまふほど、ねたげなり。

左

君が代のながきためしにあやめ草千ひろにあまる根をぞ引きつる

右

なべてのとたれか見るべきあやめ草安積《あさか》の沼の根にこそありけれ

とのたまへば、少将「さらに劣らじものを」とて、

いづれともいかがわくべきあやめ草おなじよどのに生ふる根なれば

とのたまふほどに、上《うへ》聞かせたまひて、ゆかしうおぼしめさるれば、しのびやかに渡らせたまへり。

（八〇～二頁）

(ロ)「むげにかくて止みなむも、名残つれ〴〵なるべきを。琵琶の音こそ恋ひしきほどになりにたれ」と中納言、弁をそゝのかしたまへば、「そのこととなきいとまなさに、みな忘れにてはべるものを」と言へど、のがるべうもあらずのたまへば、盤渉調にかい調べて、はやりかにかきならしたるを、中納言、堪へずをかしうやおぼさるらむ、和琴取り寄せて、弾きあはせたまへり。この世のこととも聞えず。三位横笛、四位の少将拍子とりて、蔵人の少将伊勢の海うたひたまふ、声まぎれずうつくし。上は、さま〴〵おもしろく聞かせたまふ中にも、中納言は、かううちとけ、心に入れて弾きたまへる折は少なきを、めづらしう思しめす。

（八四～六頁）

歌合(イ)の場面に登場する左の講師の「左中弁」、右の講師である「四位の少将」は明記される。方人の歌を読み上げるという大切な役目を担う講師だからその名が記されたということなのだろうが、左右に分

かれて競うはずの方人は誰々なのかは不明なのである。また「小宰相の君」は、根合に際し中納言を強引に左方に引き入れた女房で、その余韻でこの場でも左方を応援し、右方の動向に注視していたのであろう。そして傍線箇所の「少将」は「さらに劣らじものを」と発言し、「いづれとも」歌を詠じている。この「少将」は、当該場面の文脈からすれば、右の講師を務める四位少将の発言及び詠歌となるはずだろう。

しかし、筆者が問題としたのは、注(6)(イ)からの流れで始まる(ロ)の管絃の遊びで、中納言が「左の講師」を務めた左中弁の琵琶の音を所望し、それに中納言が和琴を弾き合わせ、加えて三位中将が横笛、四位少将が拍子を取っての合奏となるが、ここに突如「蔵人の少将」が現われて「伊勢の海」を謡うのだが、歌合(イ)の場面で、その存在を確認できない蔵人少将が、何故(ロ)に突然現われていることを不自然に思わなかったのかということである。

ところで、歌合(イ)の場面には従来からいくつかの問題点が指摘されていて、それらの解決に注意がむけられていたので、(ロ)の蔵人少将の存在に無頓着であったのかもしれない。つまり、山岸徳平は注(7)(イ)の右歌として掲げられている「なべてのと」歌に「安積の沼」とあることで、中納言が根合前に小宰相の君に「安積の沼をたづねてはべり。さりとも負けたまはじ」と、持参したあやめの根を誇らしげに自慢していたことと照応させ、右歌が中納言詠として揺るぎないと判断し、前文の「左」を「右」の誤写として、左右を全て逆にするという本文改訂に及び、小宰相の君を右の方人、そして中納言をも右の念人《おもひ》（方人を応援するサポーター）としてしまうのである。「左」と「右」の誤写はよくあるものの、歌合が左歌から始まる原則を盾にその前文の「左」「右」までを全て誤写と認め本文改訂に及ぶのは余りにも強引すぎる処理であったろう。

また誤写という点から「少」「中」の誤写も(イ)の場面に考えられていて、それが傍線箇所の「少将」なのである。その理由として右の講師の四位少将が発言することは『八雲御抄』（巻二）に「凡ソ講師歌ヲ読ム外ハ言ハズ」とあって、この故実からすれば四位少将の発言と詠歌は許されないので、「少将」の「少」を「中」の誤写と認めて「中将」とし、ならば登場人物では三位中将をおいて他にいないから、「さらに劣らじものを」以下の発言と「いづれとも」歌を三位中将の所為と把握するのである。この思考から本文「少将」を「中将」に改めてしまうのが岩波『新大系』で、「いづれとも」歌を「どちらの菖蒲がすぐれていると、どう見分けがつけられましょう。どうせ同じ淀野に生えた根ではありませんか。」（四二頁）の意とする。中納言の主張する「安積の沼」は、岩代国（福島県）で菖蒲の名所と知られていたが、いまは架空の誇張に過ぎなく実際は同じ山城国（京都府）の淀野から引いてきた根とする三位中将の根合での敗北に対する負け惜しみと解釈できよう。注(8)

ところで、これらの説は(イ)が歌合として左右の一番が成り立っているとの前提での場面解釈であって、片桐洋一の提言はそれを一変させている。注(9)すなわち、片桐氏は歌合(イ)の二箇所の「のたまふ（へ）」（波線）に注目し、正式な歌合歌は左の「君が代」の歌一首だけで、「右」との表記は後人のさかしらによる追加記入であって、後の二首「なべてのと」歌と「いづれとも」歌とを、それぞれ中納言と三位中将の応援歌だとするのである。

右の「なべてのと」歌が講師によって披講されたのなら、それを受けて「とのたまへば」とはならないはずで、片桐説は従来の解釈を変更させる画期的な説だったのだが、その根拠の一つとして挙げた「なべてのと」歌の解釈を小学館『全集』は「並み並みの菖蒲の根と誰が見ましょう。これはあの安積の沼から引いてきたものだったのですよ」（四六九頁）としていたのを、その後の小学館『新編全集』では稲賀氏は「左方の最後の根、あれを並々の菖蒲の根と誰が見ましょう。これは安積の沼から引いてきたものだったのですね」（四三五頁）と変更してしまうのである。その理由は、頭注に「右方の三位中将が、安積の沼の根にはとてもかなわぬ、と左方に敬意を表してみせた儀礼の挨拶か。」（四三五頁）として、右歌を三位中将の詠歌とはっきりと認識する立場での解釈に変更して、頭注ではつづけて片桐説を「以下の二首は、「とのたまへば」「とのたまふほどに」とあるので、披講された歌ではなく、左右の方人からのエール（応援歌）。一説に、「右」を後人の添加と見て削り、この歌を方人中納言が左方へ送るエールとする。」と紹介するにとどめている。

また井上新子も片桐説の「右」を後人のさかしらの所為として解釈上削除することに異を唱えるもの[注(10)]の、二首目「なべてのと」歌と三首目「いづれとも」歌をともに右方の立場からの応援歌とし、前者が三位中将詠で左方の称賛に終始するのに対し、後者は四位少将詠で、「右方も負けてはいないことを示し、同時に両方の根の優劣のつきがたい素晴らしさを唱える、場そのものへの祝意が込められた歌として捉えられる。」[注(11)]とする。

いずれにしても三角・井上両説では講師の発言を規制する歌合上のルールに無頓着だが、稲賀氏はそのルールを念頭に入れながらも、「さらに劣らじものを」との発言を右の講師である四位少将として、『新編全集』の頭注に「三位中将まで弱気になったのを「両者優劣なし」と取りなした。講師がルールを失念するほどの白熱した雰囲気。」（四三六頁）として、この場の盛り上がりを重視し、ルールの制限を取り除いて解釈を下している。

この「講師がルールを失念するほどの白熱した雰囲気」との理会を前提とすることなく、前稿において講師が方人をも兼ねる例として、「長元八（一〇三五）年五月十六日関白左大臣頼通歌合（高陽院水閣歌合）」と、「永承四（一〇四九）年十一月九日内裏歌合」とを挙げておいた。前者では源資通が右の講師兼方人であり、後者では源経信が左の講師でありながら三番左へ、また藤原資仲が右の講師で一番右へそれぞれ出詠しているのである。さらに後者では左大弁資通が左方の念人でありながら、右方に和歌を詠進しているような特殊な例もある。つまり講師が中立を保ちその役割を忠実に遂行するという原則は、平安後期の歌合では緩められ、そうした時代背景の中で『逢坂越えぬ』が成立しているのだから、右の講師である四位少将が右の方人ともなり得る可能性があり、その発言の規制も排除でき歌合(イ)の傍線箇所の「少将」が、右の講師を務める四位少将であるとする解釈は形の上では成り立つこととなろう。

しかし、「なべてのと」歌が権中納言の得意気な勝利宣言であったにしろ、根合で「いはむかたなくまもりい給へり」の意気消沈した三位中将の素直な敗北宣言だったにしろ、この「少将」が四位少将であったとして、「さらに劣らじものを」と強気な発言に転じていくには「四位少将、いかに、をくすや」と中納言の応援に気遅れしている状態から、いっきょに気を取り直しての主張は、いかにも性急な回復を期待せざるを得ない。

そして、「いづれとも」歌の内容を吟味すれば、左右のあやめの根が優劣つけ難い根拠に「おなじよどのに生ふる根」との正論を吐く意味を、右方の負け惜みの次元にとどめてしまうことになってしまう。むしろ、この発言を第三者的立場から激化する対立構図を収束し、中納言方と三位中将方とを仲裁する意図で成されたのだと理会したいのである。というのも「おなじよどのに生ふる根」とは政治性を含意する発言で、同じ血縁の藤原氏同士が対立する構図に対する調停的提言と受け取られ、三位中将の帝と中宮とが親しく居並ぶ「御簾のうちうらめしげに見やりたる」注(12)との視線が、中納言の姉か妹である中宮の存在への嫉妬として窺い知られ、三位中将側には入内させるべき姉妹がいないための挑戦的な行動として、根合以後の対立軸を理会したいのである。

『源氏物語』での藤壺中宮を前にしての物語絵合が華麗な宮廷行事として描かれながらも、梅壺女御（六条御息所女）の光源氏側と弘徽殿女御を擁する中納言（かつての頭中将）側との政治的な主導権争いが実質的な背景としてあったのと同じように、当該物語においても極めて政治的な背景をもってこの根合が設定されているとみられる。それは冒頭部において中納言をわざわざ召し出させた帝主催の管絃の宴では音楽の方面に嗜みのない殿上人が「ねぶたげにうちあくびつゝ、すさまじげなるぞわりなき」であったことに引き替え、中宮御前での根合から引き続き行われた歌合でも白熱し盛況であって、歌合(イ)の引用最後にそっちのけにされていた帝が惹付けられるようにこの場に登場してくるのであり、さらに管絃の合奏においても中納言の弾く和琴に帝はいたく感動し、「かううちとけ心に入れて弾きたまへる折は少なきを、めづらしう思しめす。」とあって、帝主催の管絃の宴の折とはうって変わって、常よりも中納言が熱の籠ったすばらしい技倆を発揮していたのだと知られることは、皇権が疎かにされるような藤原摂関家の隆盛が背景にあった政治的状況を浮き彫りにしているのだと考えられる。そして、その藤原氏の中でも中宮を擁して権勢を誇る中納言の家系と、後宮政策に遅れをとる三位中将の家系とがあって、それが長子であろう三位中将の羨望であったり、挑み心となって露呈しているのだと推察されよう。その中で第三の家系になるのだろうか、それとも中納言の異腹の弟なのか温和な蔵人少将が帝の側近として仕えているのだと判断される。

歌合(イ)の場面で、「いづれとも」歌の次の文脈「〜とのたまふほどに、上聞かせたまひて、ゆかしうおぼしめさるれば、しのびやかに渡らせたまへり。」を、一人とり残されていた帝の動向のみに限定するのではなく、管絃の場(ロ)に突然その姿を現わすことになってしまう蔵人少将の動向をも合わせて考えていくならば、帝の「聞かせたまひて」に関して、『新編全集』頭注が「催しを人づてに聞いてとも、その場の騒ぎを聞いてとも」（四三六頁）とする理会でよいにしても、側近の蔵人少将の不在を意識するべきで、この文脈形成に「いづれとも」歌の詠者の声の響きの一点を配慮すれば、管絃の場(ロ)で蔵人少将が「伊勢の海」を謡うその声を「まぎれずうつくし」とあるように、管絃の音にも紛れず澄み渡る若々しい声の持ち主だというのだから、「いづれとも」歌の詠者が蔵人少将であった可能性を全く考慮せずに三位中将か四位少将のどちらかで対立する従来の説には失考があるのではないかと思わざるを得ない。

というのも、『花桜折る中将』の「光季」「季光」や『思はぬ方に泊りする少将』の「少将」「権少将」という紛らわしい呼称の登場人物に配慮した読みが提示されているのに拘らず、『逢坂越えぬ』では「四位少将」と「蔵人少将」という二人の「少将」をどう位置づけるかにおいて、四位少将の存在性よりも蔵人少将が蔑ろにされてしまっている。注(13) それはとりもなおさず、蔵人少将が催馬楽「伊勢の海」を謡う意義にも気づかずに見過ごしてしまっている読みの現況であって、前稿で既に指摘したように天皇と中宮との間に皇子誕生を祈念しての営為であることは、宿木巻において匂宮と中の君とが琵琶と箏の琴との合奏場面で謡う「伊勢の海」の意義ともども考え合わせてしかるべき場面となっていよう。

〈蔵人少将〉という官職名が物語文学史上注目すべき存在となるのは、一つには継子譚で『落窪物語』

の系譜上にある『貝合』への展開なのだが、一方紅梅大納言となる柏木の弟であった弁少将が美声の持ち主であったことはよく知られているが、それを引き継ぐかのように竹河巻において玉鬘大君求婚譚に登場する夕霧の息蔵人少将も「声いとおもしろうて、「さき草」うたふ」とある。それは後期物語にとって新たな〈蔵人少将〉像を産み出す契機ともなったようである。注(14)

三　権中納言の逡巡する恋

権中納言の宮の姫君への思うにまかせない恋の逡巡が何を理由としてのためらいなのか物語は明かさないけれども、注(15)管絃終了後の退出の際に「階のもとの薔薇《さうび》」と朗詠して周囲の若い女房たちの関心を一身に惹く中納言だが、姫宮のもとへは「昨日こそ引きわびにしかあやめ草ふかきこひぢにおり立ちしまに」と贈る歌に根合の勝利も単なる泥地《こひぢ》と恋路を掛ける通例の恋歌にしか成り得ず、引っ込み思案のていたらくな姿しかみせない。恋の成就にむけて一歩を踏み出せないのは、やはり大森純子の言うように彼独自の性格によるところかもしれないが、注(16)宮の姫君である宇治の大君に心を寄せる薫も中納言であるところから、薫のイメージを引き継いだ造型であろうことはまず間違いないだろうが、そうかと言って『逢坂越えぬ』の主人公をもう一人の薫だと言うのもためらわれるようだ。

前掲大森論考は姫君の部屋に忍び込みながらも男女の契りに至らない総角巻の薫と大君との例を挙げ、当該物語の末尾に設定されている同じような〈逢ひて逢はず〉の場面との相違を指摘している。ここには『逢坂越えぬ』のみを掲出する。

宮は、さすがにわりなく見えたまふものから、心つよくて、明けゆくけしきを、中納言も、えぞあらだちたまはざりける。心のほどもおぼし知れとにや、わびしとおぼしたるを、立ち出でたまふべき心地はせねど、見る人あらば、[ハ]ことあり顔にこそはと、人の御ためいとほしくて、[ニ]「今よりのちだにおぼし知らず顔ならば、心憂くなむ。なほつらからむとやおぼしめす。人はかくしも思ひはべらじ」とて、

うらむべきかたこそなけれ夏ごろも[ホ]うすきへだてのつれなきやなぞ

（九〇～二頁）

姫宮の横に添い臥した中納言は、深い関係を強引に迫まろうとしていないことは、「えぞあらだちたまはざりける」によって知られるが、これは中納言が闖入した当初に「身のほど知らず、なめげにはよも御覧せられじ。たゞ一声を」と言っていたことからの分別を弁えた処し方だと思われる。恐れおののく姫宮に期待すべくもない「たゞ一声を」の希求は、甲斐のないことになるにしても、『源氏物語』を視野に入れれば、恋に身を投じる男たちの刹那的な求愛方法で、叶えられない恋と知りながら諦め切れない胸中を前提として発せられる男の苦渋の末の選択で、女から発せられる〈あはれ〉のひと言に縋ろうというのである。[注17]

若菜下巻では女三の宮に迫った柏木が「ただ一言御声を聞かせたまへ」（④二二七頁）[注18]と希求したのは、男女関係に至る前に「あはれとだにのたまはせ」（④二二五頁）とあるから、そのひと言とは「あはれ」のことばを望んでいたのであろうし、竹河巻の蔵人少将は「あはれと思ふ、とばかりだに一言のたまはせば、それにかけとどめられて、しばしもながらへやせん」[注19]（⑤八九頁）と、玉鬘大君への手紙にしたためていた。また、男女がともに一夜を過ごしながらも〈逢ひて逢はず〉で実事なく夜明けをむかえる場合、傍線

㈧「ことあり顔」に体面を装い、女のもとから退出するという男の虚勢をかたどることばが表出することも、夕霧・落葉の宮（夕霧巻。④四一一頁）や薫・宇治大君（総角巻。⑤二三八頁）間の実事なき逢瀬の場合とも共通してくるのである。

さらに大森氏が指摘したのは、傍線㈡「今よりのちだに…」の箇所で、この背後に薫が「事あり顔に朝露もえ分けはべるまじ。」に続けて言った「今より後も、ただ、かやうにしなさせたまひてよ。」（⑤二三八頁）が響き、無理じいをしない清らかな関係のままでのつきあいを訴えたのに対して、とにかく大君は「今より後は、さればこそ、もてなしたまむままにあらむ」（⑤二三八頁）と応じていたこととを対照して、次のように述べている。

悲恋の大枠は似ているかに見えながら、そこに浮かび上がってくるのは、「今より後も」とはいえない権中納言であり「今より後は」と答えるはずもない宮の姫君なのであった。

これは薫的でもない主人公の造形を意味することになり、『逢坂越えぬ』は言ってみれば、後の逢瀬を期する以前に男女の対話が成り立たない物語であって、まるで「権中納言のからまわりする一人芝居」（大森）であり、それは結局物語が「つれなきやなぞ」と深い嘆息を込めた男の独詠歌を放置したまま終わってしまうのである。注(20)

一夜をともに過ごした男女が、その情交のあるなしに拘らず、別れ際に贈答歌が成り立つ薫・宇治大君や柏木・女三の宮の場合とも異なる趣向であり、身の破滅を覚悟しつつ「あはれ」を求め続ける柏木や竹河巻の蔵人少将が、『一条摂政御集』の「あはれとも言ふべき人は思ほえで身のいたづらになりぬべきかな」を共通発想とするのに対し注(21)、『逢坂越えぬ』はそもそも同じ伊尹歌でも前掲した題名依拠歌となる

「など越えがたき逢坂の関」が男女関係を結び得ない状況を疑問のまま投げかけているのに応じた物語の結末なのだとはいえよう。

その放置された歌中にある傍線㈬「うすきへだて」が、姫宮の着る薄い単衣を〈隔て〉つまり男女の契りを防ぐ〈関〉と意識する隠微な趣向が、後期物語を代表する長編物語である『夜の寝覚』（巻三）にもみえることを注視すれば、全てが『源氏物語』の〈逢ひて逢はず〉の恋の趣向を負うわけでもないことが知られてくる。

寝覚の上は継娘の内侍督の入内にともなって参内していたが、寝覚の上に執心する帝は絶好の機会ととらえ、謀りごとを巡らす大皇の宮に招かれて弘徽殿に居た寝覚の上を襲ったのであった。寝覚の上に寄り添いながらも無理押しをせず口説く帝の告白は「『げに、あはれ』とも、また『にくし』とも、一言答へたまへ。」（新編全集二七三頁）「御心許されぬ乱れは、よもせじとよ」（同）は、『源氏物語』の求愛者たちの愁訴を踏襲し定型を成しながらも、次のような逢瀬の場面を構築していた。

あながちに和めて、ただうち添ひ臥いたまひて、わざとならねど、衣ばかりは引き交はさせたまひたるに、いみじう心強う、引きくくまれたる単衣の関を、引きほころばされたる絶え間より、ほのかなる身なりなど、つぶつぶと丸にうつくしうおぼえて、かばかりも近きけはひ、有様は、立ち離れ見し火影に、こよなうたちまさりて、言ひ知らずなつかしう、らうたうぞあるや。（二七七頁。傍線筆者）

お互いに衣をかけ合う共寝の体裁をとっての帝の自制は、寝覚の上が「『憂し、つらし』と思ひ入りて、今は参らずなりなば」（二七六頁）と危惧していたのは今より後の逢瀬を期する配慮が窺われる所為だとすれば、寝覚の上が「いみじう心強く」ある意志の形象として傍線箇所の「単衣の関」を認知しているのであり、それを『新編全集』が「単衣の薄い隔て」（二七八頁）と現代語訳しているのだから、気丈に動じずにいる寝覚の上と『逢坂越えぬ』の姫宮がやはり「心つよくて」とあって、それを中納言が独詠歌に「夏ごろも」を「うすきへだて」と認識する表出へとつながっているのではないかと思われてくる。

寝覚の上は帝に迫まられる中で、男主人公内大臣をあらためて意識し、内大臣への愛情が頑なな拒絶となっているとすると、『逢坂越えぬ』の姫宮にも語られない想い人が存在していたのかもしれず、中納言の逡巡の背後にそのライバルを幻視させて「つれなきやなぞ」との問いかけで終わらせていたとも考えられよう。

本稿では中納言の恋の語られざる逡巡の理由をあえていくつか挙げてきたものの、物語の背後に隠されているのは、読者の想像にまかせるためであったのかもしれず、物語の多様な読みの空間を拡げる試みであるらしいことは、前述の「少将」の件にしても同断で、さらに言えば、「今より後」が語られない短編性の特徴を示唆する男の独詠歌の放置による幕切れと理会することが許されよう。

このような『逢坂越えぬ』と長編『夜の寝覚』との成立の前後はあえて問うまいが、前記したように作者小式部は祐子内親王家の女房であったから、同じく『夜の寝覚』の作者菅原孝標女も祐子内親王家女房として、男に不意に襲われた女の防御の構図に〈衣〉が究極の〈隔て＝関〉とする認識を共有できたのではあるまいか。注(22)

四　おわりに

物語歌合の時季に合わせてあやめの根合を物語に採り入れた『逢坂越えぬ』は発表の場をも充分に考慮した物語として成り立っていたことを思えば、主人公となる権中納言の造形にこの場に臨席する関白頼通の若き日を思い起こさせる配慮があったと言うべきであろう。

前稿においては〈権中納言〉と〈蔵人少将〉の官職名に余りにも中関白家の人々を想定しすぎたので訂正しておく必要があるのだが、とりわけ権中納言に関わって、井上新子が『逢坂越えぬ』の「いづれとも」歌に道長の二女である枇杷皇太后宮妍子の「ながき世のためしにひけばあやめ草おなじよどのはわかれざりけり」（新後拾遺集、夏、二〇三）が踏まえられていることから、道長の長寿と繁栄とを祝意した趣が、頼通へと受け継がれ、一門の栄華の記憶が史的背景として、この物語本文に刻み込まれ、歌合場面の祝意が物語発表の場にも向けられた〈賀の物語〉として成り立っていると説いているのであった。

しかし、根合から歌合場面はともかく、権中納言の宮の姫君に対する恋の逡巡をも含めて『逢坂越えぬ』を考えた場合、みてきたように晴れぬ雲間の風景で、もろ手を上げて賛意を示すことはできかねる。頼通が権中納言であったのは、十八歳から二十二歳で、『逢坂越えぬ』に「御年のほどぞ二十に一二ばかりあまりたまふらむ」とあるのに適うわけで、寛弘六（一〇〇九）年から長和二（一〇一三）年までの期間に対応することになる。

してみると、頼通と具平親王女隆姫との結婚が成り立ったのは寛弘六（一〇〇九）年のことで、この宮の姫君との成婚が何故か『御堂関白記』や『紫式部日記』にも記録をとどめないのであり、何かしらの暗い記憶がともに蘇らざるを得ない『逢坂越えぬ』の趣向とも言えてこよう。

ともかく、権中納言のイメージに頼通を重ねることには異存はないが、前稿に指摘した中で逆に繰り返し言いおくべきことは、管絃の遊びの場面で琵琶をわざわざ弾くことを所望された左の講師の左中弁は『更級日記』にも登場する源資通のイメージを帯びていて、彼が左中弁を経て寛徳二（一〇四五）年には左大弁になったという経歴と、琵琶の名手として知られていたことからすれば、物語における妥当な選定ということになろう。なお祐子内親王家での孝標女との遭遇は長久三（一〇四二）年十月のことであった。

注

（1）鈴木一雄『堤中納言物語序説』（桜楓社、昭和55〈一九八〇〉年）「『逢坂越えぬ権中納言』について―作者と成立―」は小式部が祐子内親王家の女房ではないとするが、久下『狭衣物語の人物と方法』（新典社、平成5〈一九九三〉年）「〔補説〕作者の時代」で鈴木説を否定し小式部を祐子内親王家の女房とする。

（2）『逢坂越えぬ』の本文引用は、池田利夫訳注『堤中納言物語』（旺文社文庫、のち改訂復刻本、笠間書院）。なお古歌というのは「五月待つ花橘の香をかげば昔の人の袖の香ぞする」（古今集、夏、よみ人しらず）である。

（3）本文に「宮わたり」とあり、皇女とする説もあるが、宮家の姫君と判断し姫宮と称する例に従って、この呼称を用いた。

（4）本文も「中納言」と表すように「権」を省略し中納言を慣例呼称とする。

（5）本文の引用にあたっては句読点等私に改めた箇所もある。なお傍線は筆者である。

（6）久下「姿を消した「少将」―本文表現史の視界」（昭和女子大学「学苑」760、平成16〈二〇〇四〉年1月）。なお当論考を前稿と称する。

（7）山岸徳平『堤中納言物語全註解』（有精堂、昭和37〈一九六二〉年）及び山岸徳平訳注『堤中納言物語』（角川ソフィア文庫）

（8）三角洋一『堤中納言物語全訳注』（講談社学術文庫）は講師のルールへの言及はなく、おそらくこの解釈から本文「少将」を改め「中将」とする。
（9）片桐洋一「「逢坂越えぬ権中納言」の根合歌三首」（「文学」昭和63〈一九八八〉年2月。のち王朝物語研究会編『研究講座　堤中納言物語の視界』再録、新典社、平成9〈一九九八〉年）
（10）井上新子『堤中納言物語の言語空間―織りなされる言葉と時代―』（翰林書房、平成28〈二〇一六〉年）「〈賀の物語〉の出現―『逢坂越えぬ権中納言』と藤原頼通の周辺―」
（11）井上前掲書「『逢坂越えぬ権中納言』と歌合の空間」
（12）この主語を諸本「少将」とあるが、『新編全集』頭注に「中納言と対比して書いているから」（四三六頁）との理由で、三位中将とする。
（13）鈴木前掲書「『堤中納言物語』の作風とその成因をめぐって」では、物語に二回の登場だけで「全くの端役」として蔵人少将に注目しない。
（14）久下『王朝物語文学の研究』（武蔵野書院、平成24〈二〇一二〉年）「蔵人少将について」
（15）伊尹の「人知れぬ身は」歌が載る『一条摂政御集』では詞書に「をんなのおやききて、……」とあり、女の親を意識して深い関係になれないところをみると、『逢坂越えぬ』の場合も親の許しが得られない恋なのかもしれない。
（16）大森純子「逢坂越えぬ権中納言物語」（体系物語文学史第三巻『物語文学の系譜Ⅰ平安物語』有精堂、昭和58〈一九八三〉年）
（17）『竹取物語』でかぐや姫が昇天間際に残す一首「今はとて天の羽衣きるをりぞ君をあはれと思ひいでける」以来、男たちは〈あはれ〉のひと言を望むことになる。
（18）引用は小学館新編全集である。

（19）『新編全集』頭注に「この蔵人少将の訴嘆は、重病の柏木が「あはれとだにのたまはせよ」と女三の宮にひたすら同情を請うたのと酷似」（⑤九〇頁）との指摘がある。

（20）この幕切れが『源氏物語』空蟬巻の巻尾に似るとの指摘は『新大系』脚注（四七頁）にある。ただこれは歌一首が放置されるという形式であって、内容的には夢浮橋巻の結尾に、薫が浮舟の心中をはかりかねて思い迷う姿に似て、男の苦悶を独詠歌として結実させたと考えられよう。

（21）『源氏物語』のこれらの例が、『一条摂政御集』「あはれとも」歌の発想と共通するとの指摘は『新編全集』頭注（④二二九頁）にある。

（22）『夜の寝覚』との関係について『新大系』には他に宰相の君が中納言への返事をたずねるのに対し「例は宮に教ふる」といつもとは異なる対応に不満げな姫宮を描くが、『夜の寝覚』巻三に主人公内大臣が母寝覚の上へ直接の贈歌を諭す「例は教へたまふにこそ」とする石山の姫君の例を指摘する。

『貝合』を読む

――正しい読解のための六つの問題点――

後藤康文

一　はじめに

近世期以降の素性の良くない写本群しか伝わらず、参照すべき別系統伝本も残っていない平安朝の仮名文学作品は、本文上の重大な欠陥を一様に抱えている。もとより〝低部批判〟によっては解決不可能な損傷を数多く蒙っているのである。その代表格は『蜻蛉日記』だが、『堤中納言物語』もまたしかり。しかも、注釈の現状は惨憺たるものだ。となれば、いまだに疼いている現存本文の傷ひとつひとつをできるかぎり癒し、この作品を極力もとの姿に近づける作業こそが何よりもまず優先されるべき課題ではないのか。危うい本文と未熟な注釈を頼りにした〝評論〟にいったいどれほどの学問的価値があるというのだろうか。

このような認識のもと、本稿では、微笑ましい秀作と思われる『貝合』を対象にして、本作の正しい理解のために避けては通れない問題点六箇所を抽出し、主として本文批判の観点からそれぞれの解決案を提示してみたいと思う。なお、以下の内容は旧稿三編[注(1)]からの加筆再録であることをあらかじめお断りしておく。

二　十四五ばかりの子ども・子どもなどしてことに

十四五ばかりの子ども見えて、いと若くきびはなるかぎり十二三ばかり、ありつる童のやうなる子どもなどしてことに小箱に入れ、ものの蓋に入れなどして、持ち《ママ》ちがひさわぐ中に
（七六頁三行～八行[注(2)]）

蔵人の少将は、「あんな幼い子を頼りにして、もし見つけられでもしたら」と不安に思いながらも、さっそく垣間見をはじめる。その彼の目にまずとびこんで来たのが、この光景だった。が、この部分、実にわかりにくく、諸注の解釈も錯綜している。通説では本文を「子ども見えて」と整定する箇所ひとつをとってみても、ほかに「子ども見えて」説（『大系』[注(3)]）、「事も見えで」説（『新註』上田『新釈』佐伯・藤森『新釈』）があり、さらに〝通説〟の理解にしても、その内実は複雑に分岐していてまるで収拾困難な状況なのである。したがって、ここでは全般にわたる諸説の整理はいっさい省略し、要点を絞って私見を述べることにしたい。

思うに、諸注の躓きはまず、はじめの「十四五ばかり」を年齢と解いたところにあったのではないか。なぜならば、すでに十四五歳に達している人間を「子ども」と呼ぶことは、当事の社会通念として普通には考えがたいからである。このことは、

女の盛りなるは　十四五六歳　二十三四とか　三十四五にし　なりぬれば　紅葉の下葉に異ならず
（『梁塵秘抄』巻二／新潮日本古典集成・一六五頁）

といった今様をことさら引くまでもなく、たとえば、『貝合』の中で継子の姫君の年ごろが「わづかに十三ばかりにや」と記されている、その表現の微妙な意味合いからだけでも十分に察知することができるだろう。[注(4)] つまり、子供と大人の標準的な境目が当時およそ十三歳あたりにあったことは、誰もが認めるに吝かでない事実だと思うのである。したがって、「十四五ばかりの」人間を称して「童」といい、「若くきびはなる」とはいっても、「子ども」と呼ぶことはまずありえないわけだ。またそもそもの話、「十四五」が年齢であるならば、手引き役の女童が「八九ばかりなる女子」、姫君の弟にあたる若君が「十ばかりなる男」と記されるごとく、下接する「ばかりの」は「ばかりなる」とあるべきではなかったか。

　とすれば、例の「十四五ばかり」は年齢ではなく、少将の視界に入った「子ども」の総人数を表していると考えるよりほかに手はあるまい。人数表現としてみた場合、望むらくは「十四五人ばかり」とありたいところだが、その点を追及するなら、次の「十二三ばかり」もまったくの〝同罪〟となる。ところが、ほとんどの注釈書がこちらについては人数と解しており、しかも、それが正しい判断であってみれば、「十四五ばかり」もまた人数を表しているとみることに何ら支障はないであろう。

　さて、もうひとつは傍線部本文の処理の仕方である。ここにも従来、A「して、ことに」説（『校註』『新講』『全釈』『対照』『集成』『新大系』）、B「して、手ごとに」説（『評釈』『全書』『大系』『全集』『注釈的研究』『全訳注』『完訳』『新編全集』）、C「と、手ごとに」説（『新註』上田『新釈』佐伯・藤森『新釈』『全註解』）がある。Aは本文の改訂を避ける立場であり、B・Cは本文に手を加える立場だが、これらの中で強いて採るとすればB説、ついでC説だろう（A説は、現存本文に対する愚直なまでの忠誠が災いした不自然きわまりない処置としか評せない）。

だが、それでもなお釈然としないのは、「して」または「と」という格助詞が当該文脈に調和するとはどうしても思われない点だ。「して」や「と」を「〜と一緒に」の意味に捉えるとして、そう読むからには、「いと若くきびはなるかぎり十二三ばかり」と「ありつる童のやうなる子どもなど」とは別個のものと考えざるをえず、そこに払拭しがたい違和感を覚えるのである。私見によれば、両者は同一のもの（文脈上からいえば、「ありつる童のやうなる子どもなど」が直前の「いと若くきびはなるかぎり十二三ばかり」を補足説明する関係にある）と見なすのが妥当であり、そのための処置としては、傍線部「してことに」の「し」を衍字とみて抹消し、本文を「手ごとに」と改訂するのが最善の措置。およそ一行分相当後の「ものの蓋に入れなどして」が「子どもなどして」という誤謬本文を機械的に誘発した、すなわち、目移りによる「し」の衍字を生み出した〝元凶〟であることは、想像するにかたくないところだろう。

以上を総括すれば、本稿最初の問題点を包含する本節引用本文の構造は、

十四五ばかりの子ども見えて、いと若くきびはなるかぎり十二三ばかり＝ありつる童のやうなる子どもなど、手ごとに小箱に入れ、ものの蓋に入れなどして、持ちち《ママ》がひさわぐ中に

と考えるべきであり、その大意は、

十四五人ほどの子供たち（の姿）が見えて、（そのうちの）とても若くて年端もゆかない者総勢十二三人ほど、（そう、ちょうど）先刻の女童と同じ年ごろの子供たちなどが、手に手に（貝を）小箱に入れたり、何かの蓋に入れたりして、持っては行き交う喧騒の中に

となるのである。「十四五」引くことの「十二三」を、姫君と若君の「二」人だとみるならば、ひとまず帳尻が合うのではなかろうか。

三　髪いとうつくしげにて

貝合の相手である「東の御方」＝異腹の姉君が〝敵情偵察〟とばかりに登場する場面。ここにおいて彼女の容姿は次のように描写される。

はじめの君よりは少し大人びてやと見ゆる人、山吹、紅梅、薄朽葉、あはひよからず着ふくだみて、髪いとうつくしげにて、丈に少し足らぬなるべし。こよなくおくれたりと見ゆ。

（八一頁四行～八二頁一行）

まずは、その服装について、山吹、紅梅、薄朽葉の襲を季節もお構いなく着重ねて、配色もよいとはいえず着膨れしていると、姉君の成金趣味さながらのセンスの欠如が述べられている。ここまではそれでよいのだが、問題は、つづく「髪いとうつくしげにて」なのである。諸注はこの部分を、容姿において妹君に「こよなくおくれた」姉君のわずかな美点とみてプラスの評価と理解しているようであるが、これには大きな疑問を抱かざるをえない。

この部分について、それをどのような意味に理解すればよいのかを積極的に解説する注釈書は、実のところほとんどなく、管見の範囲では、稲賀敬二氏が「髪だけは少し褒めるが、最初の姫君と比べてははるかに見劣りする相手の様」（『全集』）、あるいは「万事センスに欠けると述べ、髪だけをちょっとほめて、貴族の姫君として極端に基準以下の姿ではないことをにおわした」（『完訳』『新編全集』）と施注する程度であろうか。しかも、数少ないこうした説明にしたところで、原文の「いとうつくしげ」は姉君の「髪」に対する大いなる賛辞としか考えられず、「少し褒める」「ちょっとほめて」いる体の表現ではない点からしてすでに、当を得たものとは思われないのである。

そこで、あらためてこのあたりの文章の論理を検証してみると、問題箇所の「髪いとうつくしげにて」だけが、前後の文脈と調和せず奇妙に浮き上がっていることが確認されるのではあるまいか。すなわち、直前の「山吹、紅梅、薄朽葉、あはひよからず着ふくだみて」は、姉君の悪趣味な服装を批判したマイナスの評価。直後の「丈に少し足らぬなるべし」も、同じく髪の長さに関するマイナス評価。そして、最後の「こよなくおくれたりと見ゆ」は、少将の審美眼をとおして姉君に与えられた総合的かつ著しいマイナス評価なのである。そうした、姉君の外貌についてのいわば一貫したマイナス評価が期待される叙述のただ中にあって、「髪いとうつくしげにて」と、ただ一箇所だけたいへんなプラスの評価が混在するのはいかにも不審というわけである。

醜女であっても髪だけは美しいといえば、『源氏物語』の末摘花が想起されるけれども、彼女の場合は、

> 頭つき、髪のかかりばしもうつくしげに、めでたしと思ひ聞ゆる人々にも、をさをさ劣るまじう、袿の裾にたまりて引かれたるほど、一尺ばかり余りたらむと見ゆ。
>
> （末摘花巻／日本古典文学全集③・三六七頁）

と語られており、「うつくしげ」な「髪のかかりば」は、光源氏がすばらしいと思う高貴な女性たちのそれにも引けをとらず、その長さは「袿の裾にたまりて引かれたるほど、一尺ばかり余」っていたのである

し、またたとえば、同じ『堤中納言物語』に収められた『はいずみ』のヒロインの容姿は、

月のいと明き影に、ありさまいとささやかにて、髪はつややかにて、いとうつくしげにて、丈ばかりなり。

（二一頁六行～二二頁一行）

と描写されていた。ここに、その似て非なること、彼此の相違は歴然としているのであって、考えてみれば、「髪いとうつくしげにて」とありながら、つづけて「丈に少し足らぬなるべし」と述べられていること自体が、そもそも矛盾を孕んだ表現だと気づくべきであったのだ。

　では、問題の箇所はどのように処理するのが適当といえるのだろうか。ここではその答えとして、傍線部「うつくしげ」は「こはごはしげ」の誤写ではないか、という試案を提示しておきたいと思う。「こはごはしげ」であれば、姉君の髪の毛がゴワゴワした感じであったことの形容とひとまず解せて前後の文脈とよく調和し、先に述べたこの女性の容姿に対するマイナス評価の一貫性が保持されることにもなる。

　形容詞「こはごはし」、形容動詞「こはごはしげなり」等の用例としては、

・姫君（＝浮舟）は、（中略）こはごはしういららぎたるものども着給へるしも、いとをかしき姿なり。

（『源氏物語』手習巻／日本古典文学全集⑥・二九五頁）

・御前（＝源氏宮）に、桜の織物の御衣どもの、表少しにほひて、裏は色々にうち重ねたる上に、紅のうちたる、桜萌黄の細長、山吹の二重織物の小袿などの、所狭うものこはごはしげなるを、いかなるにか、たをたをとあてになまめかしく着なさせ給ひて

（『狭衣物語』巻二／日本古典全書上・三六九頁）

・新しき年のいまいましさにや、いと黒きなどはなくて、浅葱の濃き薄きなど、めづらしきさまにあまたうち重ねて、上にも同じ色の無紋の織物など重なりたるも、いとこはごはしく映えなかるべきを、

（式部卿宮ノ姫君ハ）あくまで華やかにたをたをとにほひ多く着なし給ひて

（同巻四／日本古典全書下・二二三頁）

などを挙げることができるが、ここにピックアップした三例に共通するのは、それらがみな衣服のゴワゴワした状態を表すことの形容に用いられている点である。そこで興味深く思われるのは、通常「髪」が毛羽立って膨らんだ様子を形容する「ふくだむ」という動詞が「着ふくだむ」の複合形で衣服のありさまについて使用され、逆に、普通右のごとく衣服のゴワゴワを形容する「こはごはしげなり」が「髪」の様態に関して使用されることになるという、用語の逆転現象が生じてしまう事実なのである。これは確かに奇異に感じられるところではあるが、だからこそむしろ、この〝逆転現象〟ゆえに、「うつくしげ」が「こはぐ〳〵しげ」からの転化であることが裏づけられることになる、ともいえるのではなかろうか。

以上の試案をまとめると、本稿二番目の問題点付近の本文は、

山吹、紅梅、薄朽葉、あはひよからず着ふくだみて、髪いとこはごはしげにて、丈に少し足らぬなるべし。

と改訂されることになり、その大意は、

山吹襲、紅梅襲、薄朽葉襲を、配色もものかは（構わず重ねて）着膨れし、髪はたいそうゴワゴワした感じで、（しかもその長さは）背丈にも満たないようである。

くらいに解釈できるといえよう。異腹の姉君は、衣装のセンスも悪く、髪も美しいというにはほど遠い。となれば、「この世のものとも見え」ないほどに美しい妹の姫君との容姿の比較において、「こよなくおくれたり」と評されるのも当然であった。なお、誤写については、「こ（己）」→「う（宇）」、「は（八・波）」

↓「つ〔川・津〕」、「〈」↓「く〔久〕」の過程がそれぞれ十分に考えられ、おおいに可能性のある想定だと思われる。

四　ありつるやうなる童・ありつる童

さて、本稿三番目のポイントは、本文ではなく解釈の問題である。それは、

このありつるやうなる童、三四人ばかりつれて、「わが母のつねに読み給ひし観音経、わが御前負けさせ奉り給ふな」（と）、ただこのゐたる戸のもとにしも向きて、念じあへる顔をかしけれど、「ありつる童やいひ出でむ」と思ひゐたるに、立ち走りてあなたに往ぬ。（八三頁五行〜八四頁四行）

と語られる部分の傍線部「ありつるやうなる童」と「ありつる童」との関係をどのように捉えるべきかという重大な〝懸案〟であって、この問題は今なお自明とはいえない。

「このありつるやうなる童、三四人ばかりつれて」を、「この、さいぜんの少女が、同じような少女三、四人ばかりをうち連れて」（『全集』『完訳』『新編全集』）と解する立場（ほかに『集成』）もあるが、「ありつるやうなる童」が「ありつる童」と同義ではないのはもちろん、中古語の「連る」に「AがBを連れる」という他動詞的用法が認められるか否かは微妙だ。後文の「さいひがてら、恐ろしくやありけむ、つれて走り入りぬ」に照らし合わせるならば、少なくともこの文脈における「連る」は複数の女童が「連れ立って」の意を表す自動詞とみなければなるまい。

したがって、ここは、

・（少将を隠した）さっきの（女の子の）ような女の子が、三四人ばかり連れ立って　（『全釈』）

・このさきほどの（手引きした子の）ような（年恰好の）童が、三四人ぐらい連れ立って　（『対照』）

と解釈するのがいうまでもなく正しい。が、そのグループの中に例の女童が含まれていたのかどうか、また、「わが母の」云々と口に出した少女が彼女であったかどうかをそこから確定することはできない。すぐあとの「「ありつる童やいひ出でむ」と思ひゐたるに、立ち走りてあなたに往ぬ」についても事情は同じで、可能性としては、慌しく走り回る「ありつる童」が、「このゐたる戸のもとにしも向」かって観音経を念じあっている「ありつるやうなる童」たちを見とがめて、「あっ、そこには」と「いひ出でむ」ことを少将が恐れていると、「ありつる童」が事態に気づくことなく無事向こうへ立ち去ったと読むこともできるだろう。

その意味ではたとえば、ふたりの女童を当然のごとく同一人物と見なし、「汚辱に満ちた現実世界」（大人の世界）と「小さな清浄なる世界」（子供の世界）を結びつける「トリックスター」と位置付けることも、[注(5)]あるいはまた、「この少女は、最初、蔵人少将の見た四五人のかわいらしい少女（童（少女、四五人））の中の一人」と考え、「彼女は味方になってくれた少将を慈悲深い観音様であると見なして、他の少女たち（童（少女、三四人ばかり））をうち連れ、少将の隠れ場の戸のもとに向かってみんなで姫君の必勝を祈願するが、これはまさしく観音に対する強烈な信仰心の発露であり、しかも、その信仰心が彼女の母によって自然に養われたものであることは明白である。ここにおいても彼女の母の躾ぶりを読み取ることができるであろう」と批評することも、[注(6)]ともに『全集』の解釈を前提としたひとつの読みの試みというにとどまる。

では、この〝懸案〟は結局のところどのように解決されるべきなのか。今現在の私見を述べるならば、以下のごとくである。まず注意を払いたいのは、本稿第二節で扱った引用本文中の「ありつる童のやうなる（子ども）」という表現であって、その意味するところは事実上「ありつるやうなる童」と等しい点である。これに鑑みれば、「ありつるやうなる童」と「ありつる童」とはやはり峻別されなければならないし、少将を手引きした「ありつる童」が「ありつるやうなる童」の一団に含まれていた可能性はきわめて低いと判断される。とするならば、先に述べたとおり、「ありつる童」は「ありつるやうなる童」たちとは別の場所にいて、「事態に気づくことなく無事向こうへ立ち去ったと読む」のが妥当ではなかろうか。

そもそも、作中の端々から窺知できる「ありつる童」の人となりはどこまでも天真爛漫、純真無垢で微笑ましく、その子がよりによって小賢しい〝策〟を弄したなどとは少々考えにくい。いずれにせよ、本節の問題点は、『貝合』を論じるにあたって各自の立場を鮮明にしておかなければならない要所なのである。

五　今かた人に

観音菩薩よろしくものの隠れから少将が詠みかけた「かひなしとなに嘆くらむ白波も君がかたには心寄せてむ」という歌を、一心に祈願していた女童たちが立ち去り際に「さすがに耳とく聞きつけて」、

「今かた人に、聞き給ひつや。これは、誰がいふべきぞ」「観音の出で給ひたるなり」「うれしのわざや。姫君の御前に聞えむ」（八五頁一行〜四行）

と、にわかに色めき立つ。この場面における不審箇所は「今かた人に」であって、傍線部には「かたへに」（三手文庫本・平瀬本等）の対立異文がある。注(7)

この箇所に関するこれまでの見解を調べてみると、諸注のほとんどが「かたへに」の本文を是とし、「今かたへに」で「今かたはらで聲のするのを」(『評釈』)、「今そばで何か声がしたのを」(『大系』)、「只今、わきの方に、(何だか声がした。)」(『全註解』)、「今そばで(声がしたのを)」(『対照』)というように解釈しており、稲賀敬二氏の『全集』(および『完訳』『新編全集』)のみが「かた人(＝方人)」の本文に拠って「今の声、私どもの味方だって」の意に読み解いている、というのがどうやら現状のようだ。けれども、この両説にはともに大きな難点があって、残念ながら、そのどちらにも従うわけにはいかないのである。

まずは前者の〝通説〟であるが、これについてはほとんど成り立つ可能性がないと断言して構わないだろう。なぜなら、「かたへに」が「そばで」の意になることはありえなかったと考えられるからであり、さらに根本的なことをいえば、「かたはらに」と同義の「かたへに」という表現そのものがほんとうに存在したのかどうか、その点からしてはなはだ疑わしく、少なくとも今日までそうした用例は管見に入っていないのである。念のために述べておくと、「かたへ」が「そば」の意味を担うのは、たとえば、

・かたへの人、笑ふことにやありけむ、この歌にめでてやみにけり。

(『伊勢物語』第八十七段／角川文庫・八三頁)

・心ならぬ人少しもまじりぬれば、かたへの人苦しう、あはあはしき聞こえ出で来るわざなり。

(『源氏物語』鈴虫巻／日本古典文学全集④・三六八頁)

・日本の中納言帰りなんとするに、飽かずあはれなれば、別れを惜しみて、未央宮にて十五夜の宴せんとするを、ことごとしう所狭うもありなん。かたへの恨みどももいとむつかし。

(『浜松中納言物語』巻一／日本古典文学大系・一九六頁)

・（故中宮安子ハ）おほかたの御心ざま広う、まことのおほやけとおはしまし、かたへの御方々にもいと情けあり、おとなおとなしうおはしましをぞ、御方々も恋ひ聞え給ふ。

（『栄花物語』月の宴／日本古典文学大系上・四九頁）

・ある荒夷の恐ろしげなるが、かたへにあひて、「御子はおはすや」と問ひしに

（『徒然草』第百四十二段／新潮日本古典集成・一六三頁）

といったケースにおいてであって、その場合は決まって、そばにいる人・仲間・傍輩等、人物に関わる表現となるのである。ちなみに、この点を敏感に弁えたのは三角洋一氏の『全訳注』で、「今の声、そばにいるあなたは」と訳出しているのは独自だが、「かたへに」を「そばにいるあなたは」と解くこともまた不可能といわざるをえない。

このとおり、「かたへに」説はとうてい承認しがたいのだが、残る「方人に」説にも問題がある。なるほど、貝合前日の支援表明の歌を受けて「方人」という語が出現するのは文脈上ふさわしく感じられるけれども、「今、方人に」を「今の声、私どもの味方だって」の意に受けとめるのはいかにも苦しい。『全釈』が「に」を「（方人）として」と解くとしても、不自然なことばとなろうから」と述べるように、およそ妥当な解釈とはいえないだろう。

以上の判断のもと、ここではこれらの説に代わるべく、「かた人に」ないし「かたへに」は、もと「うたゝへに」からの転化本文ではないか、という新案を提出してみたい。「うたゝへに」はすなわち「歌妙に」で、「歌が神々しく」ほどの意となる。誤写の可能性についていえば、「う（宇）」と「か（可）」の交替は頻繁に起こる現象であるし、踊り字「ゝ」の脱落もめずらしいことではなく、ともに無理はないもの

と思う。

漢文訓読語系の形容動詞「妙なり」が、中古和文において「神々しい・霊妙だ」の意味で用いられたと思われる例は、

心にまかせて、ただ掻きあはせたるすが掻きに、よろづのものの音調へられたるは、妙におもしろく、あやしきまで響く。（『源氏物語』若菜上巻／日本古典文学全集④・五三頁）

などごくわずかなようだが、和文に属さない仏教説話の類においては、

・天智天皇ノ世ニ丈六ノ尺迦ヲツクリヲヘテ（中略）、開眼ノ日ハ紫ノ雲ノソラニミチ妙ナルコヱソラニキコユ（観智院本『三宝絵詞』下／勉誠社文庫・三〇一頁）

・其時ニ、御殿ノ内ヨリ妙ナル御音有リ。（『今昔物語集』巻十一・第三十話／日本古典文学大系三・二四六頁）

や、これに準じる、

・一ノ菩薩在マシテ、微妙ノ音ヲ以テ廣清ニ告テ宣ハク（同巻十三・第三十話／同三・二四三頁）

・「阿弥陀佛ヨヤ、ヲイヲイ。何コニ御マス」ト叫ベバ、海ノ中ニ微妙ノ御音有テ、「此ニ有」ト答ヘ給ヒケレバ（同巻十九・第十四話／同四・九六頁）

などの用例がまま見いだせるのである。

はじめの童は、「今、歌が神々しく。（あなたがたはそれを）お聞きになりましたか」と仲間に問いかけた、とひとまずみておきたい。少将が詠んだ「歌」を目的語として「聞き給ひつや」と問うのであればよく筋が通るし、また、「観音」の霊妙な「歌」であることを考えると、それが「妙に」と形容されるのも

自然だといえよう。本稿四番目の問題点「今かた人に」については、当面このような処理を施しておきたい。

六　えならぬ洲浜のみまはかりなる

「いかでこれを勝たせばや」という思いでいっぱいになった少将は、夕霧に紛れて姫君の屋敷を抜け出し、

えならぬ洲浜のみまはかりなるを、うつほに作りて、いみじき小箱を据ゑて、色々の貝をいみじく多く入れて、上には、しろがねこがねの蛤、うつせ貝などをひまなく蒔かせて

（八七頁四行〜八八頁二行）

と、さっそく工夫を凝らした支援の品の準備にとりかかるのであった。

ここでいまだに決着していないのが、傍線部「みまはかり」の解釈なのである。この箇所には「みまかり」の異文もあって（宮内庁書陵部本等注(8)）、従来の見解はいちおう次のふたつに分かれているといえる。ひとつは、後者の本文に拠って「三曲り」とし「洲濱の縁の彎曲が三曲になってゐるものとおもはれる」（『評釈』）と解する立場（ほかに『新註』『全書』『新講』佐伯・藤森『新釈』『全註解』『注釈的研究』『全訳注』）。そしてもうひとつは、前者の本文を採って「三間ばかり」とし「仕切った囲い三つばかりからなる洲浜」（『全集』『完訳』『新編全集』）の意とみる立場（ほかに『集成』）である。がその実、本文をひとまず「みまはかり」ないし「みまばかり」と立てながらも、「一説「三まがり」として、洲浜の縁の彎曲が三つある

ものとするが未詳」（『大系』）、「不詳。（中略）洲浜は普通縁を彎曲させた形に作られるから、それが三曲りになっているのをさすとして「みまがり」をとる説が多い」（『全釈』）、「「みまばかりなる」洲浜とは、よくわからない。三つに区切られている洲浜、あるいは「みまがりなる」の誤りとし、模した海岸線が三曲りかとする説などがある」（『対照』）、「不詳。三つに区切られた洲浜とも、「みまがりなる」の誤りとして、海岸線などが三曲りかとする説も」（『新大系』）というように、慎重に判断を保留する注釈書が少なくないことからもわかるとおり、このふたつの解釈はいずれも信頼の置けるものではない。「三曲り」説については、まずそのような表現自体の妥当性が問われることになろうし、一方の「三間ばかり」説も同断で、「仕切った囲い三つ」の意味を表すのにはたして「三間」ということばが用いられたかどうか、その点からしてはなはだ心もとないのである。

それでは、ここはどのように解き直されるべきか。私見を述べると、「えならぬ洲浜のみまはかりなる」の部分は、たとえば、

・黒塗の箱の九寸ばかりなるが、深さ三寸ばかりにて
（『落窪物語』巻一／新潮日本古典集成・五八頁～五九頁）

・平なる板の一尺ばかりなるが、広さ一寸ばかりなるを
（『宇治拾遺物語』巻二・第七話／日本古典文学大系・九九頁）

・此ノ木ノ下ニ小サキ蛇ノ一尺許ナル有リ。
（『今昔物語集』巻十三・第四十三話／日本古典文学大系三・二六七頁）

などの傍線部とまったく同じ構造ではないかと考えられるのである。要するに、「みまばかり」は「えな

らぬ洲浜」の長さを表しているとする見方であり、そうすると、「み」はもちろん「三」で数量の表示、そして、「ま」は長さの単位だと捉えられることになる。

もっとも、「ま」をそのままに「間（＝六尺）」と解し、「みまばかり」＝「三間（＝十八尺）ばかり」でよいかというと、これはまた長大に過ぎる洲浜となって、とうてい考えがたい。注(9) そこで提案したいのは、問題の「ま（末）」は漢字「尺」の誤写ではないかという推定であり、その可能性は十分に認められるものと思う。「三尺ばかりなる」洲浜はやや小型だが、このあと少将が、完成した洲浜を「例の随人に持たせて」再訪していることを考慮するなら、長さ九十センチ余りというのはむしろ適当なサイズだったと思われるし、子供たちに囲繞された世界の主人、「わづかに十三ばかりにやと見え」た姫君へのプレゼントとしては、かえってふさわしいと評せよう。

本稿五番目の問題点「えならぬ洲浜のみまはかりなる」とはこのとおり、「えならぬ洲浜の三尺ばかりなる」だったのである。

七　若き人ども

やおら見とほし給へば、ただ同じほどなる若き人ども、二十人ばかりさうぞきて、格子上げそそくめり。この洲浜を見つけて、「あやしく、誰がしたるぞ、誰がしたるぞ」といへば、「さるべき人こそなけれ」「思ひ得つ。これ、昨日の仏のし給へるなめり」「あはれにおはしけるかな」とよろこびさわぐさまの、いともののぐるほしければ、いとをかしくて見ゐ給へりとや。

（八九頁八行〜九〇頁八行）

一篇の終局。少将が用意した洲浜を見つけて狂喜乱舞する「若き人ども」。本稿最後にして最大の問題点は、この傍線部本文にほかならない。諸注はここに、「若い少女達」（『評釈』）、「童女ら」（『新註』）、「女童達（たち）」（『新講』佐伯・藤森『新釈』）、「若い女の子たち」（上田『新釈』『全釈』『対照』）、「少女たち（達）」（『全書』『大系』『全集』『集成』『完訳』『新編全集』）、「若い年の程の人たち」（『全註解』）、「女の子たち」（『注釈的研究』）、「若い人たち」（『全訳注』）といった訳を与えているが、中でやや異質に見える『全註解』や『全訳注』にしたところで、

・同じ年の頃である唯、若い女童たちだけ。八九歳の子供であろう。（『全註解』・語釈文法）

・貝合せの朝、童たちが着飾って最後の準備にとりかかろうというときに、美しい貝をいっぱい授けられたのを見つけて、喜びにわきかえっている。（『全訳注』・鑑賞）

と理解していることがわかる。つまり、すべての注釈書が「若き人ども」を女童たちの意に解しているわけだが、問題はとりもなおさずそこにある。

というのも、主人に仕える身分の女性を「若き人」といった場合には、

・少納言の君とて、いといたう色めきたる若き人、何のたどりもなく、ふたところ御殿ごもりたる所へ導き聞えてけり。（『思はぬ方にとまりする少将』／一一九頁五行～八行）

・この君の御供なる人、いつしかとここなる若き人を語らひ寄りたるありけり。（『源氏物語』総角巻／日本古典文学全集⑤・二九九頁）

・右近と名のりし若き人もあり。（同浮舟巻／同⑥・一一二頁）

・例はさしもてはやさぬを、若き人出だし会はせて、ものなどいはせて、忍びて聞くに

・小宰相とて、心ばへかたちなども、なべての若き人よりはめやすかれば
（『夜の寝覚』巻一／日本古典文学大系・七三頁）

等々の用例がおのずと物語るとおり、「若い女房」の意味にしかならず、「女童」を指すことはないからである。なお、同じ『堤中納言物語』の範囲内でいうなら、

若き人の思ひやり少なきにや、「よき折あらば、今」といふ。
（『花桜折る中将』／四一頁七行～四二頁一行）

などは、確かに女童を「若き人」と記したケースではあるけれども、こうした例が彼女の〝身分〟や〝職掌〟とは何ら関わりのない表現であり、先の諸例とまったく次元を異にしていることはいうまでもない。

さらに、気になることがもうひとつ。それは、「若き人」の複数形は「若き人々」となる場合が圧倒的に多い点である。枚挙の遑がないので、今は『堤中納言物語』の中から三例を挙げるにとどめる。

・若き人々はおぢまどひければ、男の童のものおぢせずいふかひなきを召し寄せて
（『虫めづる姫君』／六六頁七行～六七頁一行）

・中納言まかり出給ふとて、「階のもとの薔薇も」とうち誦じ給へるを、若き人々は、飽かずしたひぬべくめで聞ゆ。
（『逢坂越えぬ権中納言』／一〇七頁八行～一〇八頁三行）

・ただつねに候ふ侍従、弁などいふ若き人々のみ候へば
（『思はぬ方にとまりする少将』／一一八頁五行～七行）

もっとも、当面の傍線部本文とまったく同じく、「若き人」の複数形が、

・若き人どもの、「われ劣らじ」と尽くしたる装束かたち、花をこきまぜたる錦に劣らず見えわたる。
（『源氏物語』胡蝶巻／日本古典文学全集③・一六〇頁）

・かたちを好ませ給ひて、今もよき若き人ども参りあつまりて、めでたくあらまほしき御ありさまなり。
（『栄花物語』殿上の花見／日本古典文学大系下・三四一頁）

と表現された例も少数ながら確実に存在するので、「若き人ども」という本文それ自体は正当なものとしていちおう認めておいてよいようだ。しかし、いずれにしても、この本文に拠るかぎり、ここが「若い女房たち」の意味に解釈されねばならない事実に変わりはないのである。

以上のことは、「若き人（々）」が「大人なる」「大人びたる人」「大人しき人（々）」、すなわち年配の女房と対比された次のような用例、

・まさなきことも、あやしきことも、大人なるは、まのもなくいひたるを、若き人は、いみじうかたはらいたきことに消え入りたるこそ、さるべきことなれ。
（『枕草子』「ふと心劣りとかするものは」の段／新日本古典文学大系・二三六頁）

・若き人のある、まづ降りて、簾うち上ぐめり。（中略）また、大人びたるは人いまひとり降りて、「はやう」といふに
（『源氏物語』宿木巻／日本古典文学全集⑤・四七六頁）

・若き人々いみじうおぢさわぐを、大人しき人々は、「いとどさばかりもの恐ろしげにおぼしめしたるに。などかうものぐるほしうおはさうずらむ（中略）」といへば
（『狭衣物語』巻三／日本古典全書下・二一五頁）

あるいはまた、「若き人（々）」と「童（べ）」とが別個のものとして並列された、

・童べ、若き人々の、根ごめに吹き折られたる、ここかしこにとりあつめ、起こし立てなどするを

（『枕草子』「野分のまたの日こそ」の段／新日本古典文学大系・二三九頁）

・若き人も、童、下仕へまで、すぐれたるえを選りととのへ、女の儀式よりもまばゆくととのへさせ給へり。

（『源氏物語』匂宮巻／日本古典文学全集⑤・一六頁）

・若き人々、童べなど、池の舟に乗りて、漕ぎかへり遊ぶを、御覧ずるなりけり。

（『狭衣物語』巻二／日本古典全書上・三五九頁）

などの用例に照らせば、よりいっそう確実なものとなるだろう。

それにしても、何たるどんでん返し。継子の姫君の住む西の対にはその実、大勢の童（＝子供）たちとは別に若い女房連中が二十人も仕えていたのだ！くどいようだが、「若き人ども」とはすでに成人した女性たちであって、金輪際「少女達」ではありえない。そうである以上、「ミニチュアの楽園」[注(10)]、「子供達だけの世界」[注(11)]などといったこれまでの『貝合』評は、根底から修正を余儀なくされることになる。

ところが、どうだろう。西の対に二十人もの女房が伺候していた形跡はしかし、この作品のどこをどう読んでもうかがうことができないのである。また、かりにそうであったならば、物語の様相もずいぶんと違ったものになっていたはずではないか。問題を引用箇所に限定してみても、ここに描かれた無邪気な会話や狂騒、「同じほどなる」「格子上げそそく」といった表現のニュアンスは、やはり「少女達」のものとしか考えられないのだ。これは明らかな矛盾である。とすれば、われわれはそれをどのように解消すればよいのだろうか。

おそらく、その解決策はただひとつしかない、と思う。いうまでもなく、本文を改訂するのである。す

なわち、現行の「わかき人（＝若き人）」を「わらはへ（＝童べ）」の転化本文と考えるのだ。「ら（良）」→「か（可）」、「は（者）」→「き（支）」、「へ（部）」→「人」の誤写は十分想定可能といえよう。注(12) 当該本文が「若き人」ではなく元来「童べ」であったとすれば、従来の読みの結果的な正しさを保証するのみならず、先に軽い疑問を呈した接尾語「ども」の問題にもおのずと納得がいくことになる。「童べ」という語はもともと複数性を内包していることばであるために、あえて複数形をとることは稀なのだけれども、その場合は、

・童べども御階のもとに寄りて、花ども折る。（『源氏物語』胡蝶巻／日本古典文学全集③・一六四頁）

・童べども泣く泣く降りて、舟つなぎて見れば、いかにも人なし。（『宇治拾遺物語』巻四・第四話／日本古典文学大系・一五七頁）

などのように、「童べども」としか表現のしようがないからである。

本稿最後の問題点に関する結論はこのとおりで、傍線部本文を含む一文は、

ただ同じほどなる童べども、二十人ばかりさうぞきて、格子上げそそくめり。

と改められることになる。が、もしもこの措置を安易な本文操作だと指弾するのであれば、「若き人」のもつ意味をよくよく弁えたうえでの反駁ないし立論がなされねばなるまい。

八　おわりに

『堤中納言物語』の注釈は今なお不明箇所と誤謬に満ち満ちている。にもかかわらず、「あたしは元祖虫

ガール」[注13]などとはしゃいで出鱈目な読みを広めるのは、いい加減止してほしい。

今回担当した『貝合』にかぎってみても以上の六箇所にとどまらない数々の疑問点を孕んでいる。はじめにも述べ、また、これまでにも繰り返し訴えて来たことだが、『堤中納言物語』の研究においては、何はさて置き本文の修復と正確な読解に最大限の努力が注がれねばならないのだ。

注

(1) ①「『貝あはせ』本文整定試案」(王朝物語研究会編『論集 源氏物語とその前後5』新典社、平成6〈一九九四〉年5月)、②「『貝あはせ』覚書」(「北海道大学文学部紀要」第四十七巻第一号、平成10〈一九九八〉年10月)、③「観音霊験譚としての『貝あはせ』—観音の化身、そして亡き母となった男—」(説話と説話文学の会編『説話論集第九集 歌物語と和歌説話』清文堂出版、平成11〈一九九九〉年8月。のち、平成29〈二〇一七〉年近刊〈武蔵野書院〉所収)。

(2)『堤中納言物語』の本文は、高松宮家蔵本(池田利夫解題、ほるぷ出版)、宮内庁書陵部蔵桂宮旧蔵本(池田利夫解説、笠間書院)、広島大学蔵浅野家旧蔵本(塚原鉄雄解説、武蔵野書院)、穂久邇文庫蔵久邇宮旧蔵本(久曾神昇解題、汲古書院)、桃園文庫蔵島原本(寺本直彦解題、東海大学出版会)、桃園文庫蔵榊原本(同上)、吉田幸一氏蔵平瀬家旧蔵本(吉田幸一解題、古典文庫)、三手文庫蔵今井似閑自筆本(塚原鉄雄・神尾暢子校注、新典社)の八本を参照し、適当と思われるかたちで引用した。なお、頁・行数の表示については、最後に掲げた新典社本のそれを掲げたが、特別な意味はない。

(3) 今回参照あるいは引用した『堤中納言物語』の注釈書と稿中における略称は以下のとおり。久松潜一『校註堤中納言物語』(明治書院、昭和3〈一九二八〉年9月)→『校註』、清水泰『増訂堤中納言物語評釈』(立

命館出版部、昭和9〈一九三四〉年6月）↓『評釈』、佐伯梅友『新註国文学叢書 堤中納言物語』（講談社、昭和24〈一九四九〉年2月）↓『新註』、松村誠一担当『日本古典全書 堤中納言物語』（朝日新聞社、昭和26〈一九五一〉年12月）↓『全書』、吉澤義則監修『堤中納言物語新講』（藤谷崇文館、昭和27〈一九五二〉年1月）↓『新講』、上田年夫『堤中納言物語新釈』（白楊社、昭和29〈一九五四〉年6月）↓上田『新釈』、佐伯梅友・藤森朋夫『堤中納言物語新釈』（明治書院、昭和31〈一九五六〉年4月）↓佐伯・藤森『新釈』、寺本直彦担当『日本古典文学大系 堤中納言物語』（岩波書店、昭和32〈一九五七〉年8月）↓『大系』、山岸徳平『堤中納言物語全註解』（有精堂、昭和37〈一九六二〉年11月）↓『全註解』、松尾聰『堤中納言物語全釈』（笠間書院、昭和46〈一九七一〉年1月）↓『全釈』、稲賀敬二担当『日本古典文学全集 堤中納言物語』（小学館、昭和47〈一九七二〉年1月）↓『全集』、土岐武治『堤中納言物語の注釈的研究』（風間書房、昭和51〈一九七六〉年5月）↓『注釈的研究』、池田利夫『旺文社文庫 現代語訳対照堤中納言物語』（旺文社、昭和54〈一九七九〉年7月）↓『対照』、三角洋一『講談社学術文庫 堤中納言物語全訳注』（講談社、昭和56〈一九八一〉年10月）↓『全訳注』、塚原鉄雄『新潮日本古典集成 堤中納言物語』（新潮社、昭和58〈一九八三〉年1月）↓『集成』、稲賀敬二担当『完訳日本の古典 堤中納言物語』（小学館、昭和62〈一九八七〉年1月）↓『完訳』、大槻脩担当『新日本古典文学大系 堤中納言物語』（岩波書店、平成4〈一九九二〉年3月）↓『新大系』、稲賀敬二担当『新編日本古典文学全集 堤中納言物語』（小学館、平成12〈二〇〇〇〉年8月）↓『新編全集』。

（4）妹尾好信「『貝合』本文存疑考・二題」（「古代中世国文学」第十七号、平成13〈二〇〇一〉年9月↓『中世王朝物語 表現の探究』笠間書院、平成23〈二〇一一〉年11月）は、継子の姫君の年齢「十三ばかり」を「十一、二ばかり」の誤写ではないかとし、「「十一二」と書かれた数字を「十三」と誤って写した本が、現存諸本の共通祖本になっているのではないかと思うのである」と述べるが、この箇所の本文は「十三ばかり」でなければならない。「わづかに十三ばかり」とは、「かろうじて十三歳ほど」の意にほかならず、姫君が性愛・結婚の対象たりうる最低年齢に達していることを表す重要な指標になっているのである。

(5) 神田龍身「性倒錯と短篇物語―『貝合』をめぐって―」（『物語研究』第四号、昭和58〈一九八三〉年4月）→『物語文学、その解体―『源氏物語』「宇治十帖」以降―』（有精堂、平成4〈一九九二〉年9月）。

(6) 鈴木弘道「貝合せ物語」（『体系物語文学史第三巻・物語文学の系譜Ⅰ』有精堂、昭和58〈一九八三〉年7月）。

(7) 土岐武治『堤中納言物語 校本及び総索引』（風間書房、昭和45〈一九七〇〉年9月）、一四八～一四九頁参照。

(8) 注（7）書、一四九～一五〇頁参照。

(9) 藤田徳太郎「堤中納言物語新釈」（『むらさき』、昭和14〈一九三九〉年4月～昭和17〈一九四二〉年8月）は「三曲り」説を採るが、その理由として「三曲は、古本には三まばかりとある。これなら三間ほどの洲濱といふ意になるが、大き過ぎるやうであるから、三曲とある方がよいと思ふ」と述べている。

(10) 神田龍身氏注（5）論文。

(11) 伊藤守幸「「貝あはせ」試論」（『弘前大学国語国文学』第八号、昭和61〈一九八六〉年3月）。

(12) ちなみに、諸本の字母・表記は、高松宮本・宮内庁書陵部本・広島大学本・久邇宮本で「王可幾人」、島原本・榊原本で「和可幾人」、平瀬本・三手文庫本で「和可支人」。

(13) 蜂飼耳訳『光文社古典新訳文庫・虫めづる姫君 堤中納言物語』（光文社、平成27〈二〇一五〉年9月）の帯文句。

『思はぬ方に泊まりする少将』を読む

――「宇治十帖」を起点に――

野村倫子

一　はじめに

短編物語『思はぬ方に泊まりする少将』の物語構成はきわめてシンプルである。

①序文

②故大納言の姫君たちの成婚

a右大将の子である少将が、姫君付きの「色めきたる若き人」少納言の手引きで姫君と結ばれる。

b中の君の乳母の娘が自身の乳母子左衛門尉の妻であった縁を通じて、右大臣の子である（権）少将が、姫君の不在にかこつけて侵入し、中の君と結ばれる。

③二人の少将は親族であり親しいが、いずれも身分格差を理由に諫められて姉妹への訪れが間遠になり、ともに右大将邸に女君達を迎えるようになる。

④右大将北の方が病に伏せり、姉妹の取り違えが生じる

a権少将は、勝手を知る左衛門尉が不在のまま中の君に迎えの車を差し向けるが、姫君付きの侍従の方に案内が通り、姫君と侍従は主従で右大将邸に至る。女君の「取り違え」に気づいた権少将であるが、姫君を帰さなかった。

b少将も姫君を迎えに車を遣わすが、故大納言邸ではすでに姫君が出立していたため、中の君が弁の君と同車して少将のもとに向かう。少将は御車寄せで「取り違え」に気づくが、中の君はそのまま寝所に運ばれる。

⑤「取り違えられた」それぞれの女君に、男君達から後朝の文が届く

⑥跋文

叙景描写や細かな心情表現はほとんどないが、二人の少将との関係の初発や「取り違え」の場面にも微妙な差異を設定するなど、場面の対比が計算された小品である。

『源氏物語』ほどの発展はないものの、『思はぬ方に泊まりする少将』の研究も確実に深化している。本稿では第二節として最近の研究の紹介を、第三節では「宇治十帖」を起点に、右の③で語られる二人の少将の系図及び④の「取り違え」の後世への影響についてささやかな私見を述べる。

二　近年の『思はぬ方に泊まりする少将』研究の概略

まず、成立時期の問題から。

天喜三年（一〇五五）に『逢坂越えぬ権中納言』が成立し、文永八年（一二七一）までに『花桜折る少将』『ほどほどの懸想』『貝合』『はいずみ』が成立したことは従来の研究で確定し、さらに元中二年（一三八五）までに複数の短編物語が納められた現在の形になって『堤中納言物語』という題名がつけられたとするが、『思はぬ方に泊まりする少将』は他資料を欠くため、成立事情は作品内部の和歌引用等から探るしかない。新編日本古典文学全集（以下『新編全集』）注(1)の解説は題号となった『思はぬ方に泊まりする少将』の「思はぬ方に泊まりする」が『拾遺和歌集』所収の「女のもとにまかりけるを、もとのめのせいし侍りければ」の詞書を持つ源景明の次の作詠歌に拠ることから出発する。

風をいたみおもはぬ方にとまりするあまのを舟もかくやわぶらん　（拾遺・巻第十五・恋五・九六二）

この和歌だけでなく、「取り違え」のあった後朝に贈られた作中歌「思はずにわが手になるる梓弓深き契りのひけばなりけり」（四六七頁）も景明歌の影響下にあるとして、『源氏物語』以前の作とする。岩波書店の新日本古典文学大系（以下『新大系』注(2)）の解説では、右の景明の時代に注目しつつ、成立時期を『狭衣物語』、『式子内親王集』、『風葉和歌集』等の時代に比定した各説を紹介する。

井上新子氏注(3)は『堤中納言物語』に収められ、題号と物語内容が似る『逢坂越えぬ権中納言』が天喜三年（一〇五五）の「六条斎院禖子内親王物語歌合」に提出されていることから、同時代での〈題詠的手法〉によって作成されたとする。また、豊島秀範氏注(4)は「取り違え」が『源氏物語』によりかかり、『源氏物語』との〈重ね合わせ〉や〈ずらし〉は平安末期に流行した〈本歌取り〉の手法であり、『思はぬ方に泊まりする少将』も平安末期に成立したとする。

それらをふまえて、新美哲彦氏注(5)は、平安中期成立説が圧倒的であるとしながらも、中絶えの続く頃の姫君の嘆き「いつまでとのみ」（四五九頁）の引歌について、『狭衣物語』巻四と『式子内親王集』の両説を示しながらも、引歌を固定する必然性を否定する。そして、取り違え後、少将が中の君を口説く場面での少将の中の君思慕の感情「思ふとだにも」（四六六頁）についても、従来引用歌とされた壬生忠岑の「わがたまを君が心にいれかへておもふとだにもいはせてしかな」（玉葉・巻第十一・恋三・一五八一・忠峰）の一首は、この場面には不適切で、むしろ、嘉元元年（一三〇三）総覧の勅撰集『新後撰和歌集』所載の「人しれず思ふとだにもいはぬまの心のうちをいかでみせまし」（巻第十一・恋一・八三〇・右近大将道平）が相応しいとして、『思はぬ方に泊まりする少将』はこの勅撰集以降成立したとする。さらに、鎌倉時代前中期を示唆した土岐武治が根拠とした「車寄せ」の用例の実態[注(6)]との整合性から、『思はぬ方に泊まりする少将』の成立は平安時代中期ではなく、中世に入ってからとされた。

次いで本文については、後藤康文氏[注(7)]が、七カ所に渉って書写の際の誤写や注記の竄入を想定し、現存の諸本から本文の復元を試みている。

物語の各論に入る前に、短編ゆえに言及される題号の問題をまとめておく。

題号となったのは、すでに示した源景明の和歌とされ、先述の『新編全集』の稲賀敬二氏の解説では源景明の詠歌からその圏内に作品成立を求める程に重視する一方で、豊島秀範氏[注(8)]は、あえて「思はぬ方に泊まりする」という表現を特定の和歌に求めないとする。井上新子氏[注(9)]は、景明歌に拠るとしながらも後半の「思はぬ方に泊まりする」に重きを置いた引用ではなく、景明歌の詞書きの「もとのめのせいし侍りければ」に拠って、「思はぬ方」を「もとの女」と解して、正妻のせいで愛する人（＝今の新しい女性）と逢えぬ嘆きがかたどる前半世界をも示唆するものとし、後半のみを象徴する従来の読み方に異議を唱える。

さらに「取り違え」事件の発端となる大将殿の北の方の「御風の気」（四六三頁）の「風」や「例の泊りたまへるに」（同）の「泊り」の表現を、景明歌の「風をいたみ」「とまり」を踏まえた言語遊戯による表現と見る。引用の当否とは別に、神田龍身氏[注10]は、『思はぬ方に泊まりする少将』が主題的題号で、実は「少将」が二人もいたという仕掛けに着目し、姉妹物語へと論を展開する。

短編でありながら、あるいは短編であるがゆえに、①の序文と⑥の跋文のもつ問題は大きい。

神田龍身氏[注11]は語り手と関わって論を展開する。まず姉妹の置かれている状況を宇治の八の宮の大君・中君に重ねることが、パロディ成立の前提条件と位置づける。そして、「取り違え」の場面に草子地が頻出することに着目し、少将が姫君の寝所に導かれた場面について「例のことなれば書かず」（四五八頁）と避けて、あえて心理に踏み込まないことによりパロディ自体を根源から崩し去り、「あはれ」な女君達の心理を語り手をして一体化させ得ない手法を確認する。この傍観的態度によって作中場に一体化しないという表現構造に短編物語としての存在基盤があり、草子地にこそ短編性を解く総ての鍵があるとする。そこから冒頭部に立ち戻って、わざとらしさだけが浮き立つ虚しい口上と評し、巻末に置かれた写本筆写者の評語に対しても「一つのめくらまし」と断じる。豊島秀範氏[注12]も、眼前の物語であると思わされていた物語世界が、跋文に至り、「本にも侍る」（四六八頁）、「本にも、『本のまま』と見ゆ」（同）と突き放されることで、実は「昔物語」であったとどんでん返しにあい、昔物語の中に相対化されたと見る。下鳥朝代氏[注13]は、『思はぬ方に泊まりする少将』の特徴をより明確にするために、同じ『堤中納言物語』の『はなだの女御』との比較を徹底する。実話をもとにした「手ならひ」を書き付けた二重の跋文が「書写者」を仮構して「読者」の参加を呼び込む『はなだの女御』に対して、『思はぬ方に泊まりする少将』は「本」

を強調することで未完であることを示し、四者の苦悩は決着は示されず、「本のまま」というのは、「書写者」ではなく「書誌学者」的立場へと傾いたものという。その一方にある、〈末〉に対する〈本〉あるいは〈今〉に対する〈古〉に通じるモノ（＝昔物語）という側面が、「ただ今」の事件を対象にした『はなだの女御』との違いを鮮明にするという。これらの先行論文をふまえて、井上新子氏[注(14)]は、序文の「昔物語」を分析し、物語の伝統的類型を対象化する『源氏物語』の精神と表現を継承したものとする一方、「昔物語」への批判という相反する世界を提示する。そして、跋文の「昔物語」は冒頭の「昔物語」と呼応し、『源氏物語』の「昔物語」からの脱却とは別のかたちでの脱却とみる。

　さて姉妹の物語であるが、下鳥朝代氏[注(15)]が、「劣りまさるけぢめ」はパロディに他ならないとし、四角関係の成立を冒頭の「あはれ」の評言に読み取り、以下物語本文の各所を文学史的に押さえる。つまり、一人の男に姉妹が相対する『夜の寝覚』冒頭にはじまり、差違無き姉妹を一人の男が垣間見る『伊勢物語』初段へ、薫と大君／匂宮と中君の二組の関係が薫と中君という微妙な関係を通して四角関係的にある『源氏物語』「橋姫」三帖へとずらし、最終的には四つの三角関係の複合としての浮舟物語に到達したと、短編の中で姉妹の物語が史的に捉えられ、同時に相対化されたとする。そして、跋文が唐突に姉妹に対する「心ざし」の「劣りまさり」を問題とするが、それは姉妹物語の「文脈」とは本来的に異なるもので、異種の「衝突」が起こることによって、「取り違え」による陰惨な笑いを生じさせ得たとする。

　以上のようにさまざまな角度から物語研究が進展してきたが、後世への「影響」についての論はない。この点については、後に第三節の(2)で論じたい。

三　「宇治十帖」を起点とした引用と影響についてのささやかな考察

(1)系譜について

「この右大臣殿の少将は、右大臣の、北の方の御せうとにものしたまへば、少将たちも、いと親しくおはする。かたみに、この忍び人も知りたまへり」(四六二頁)について、『新編全集』の頭注は次のような二つの系図を示す。

系図A

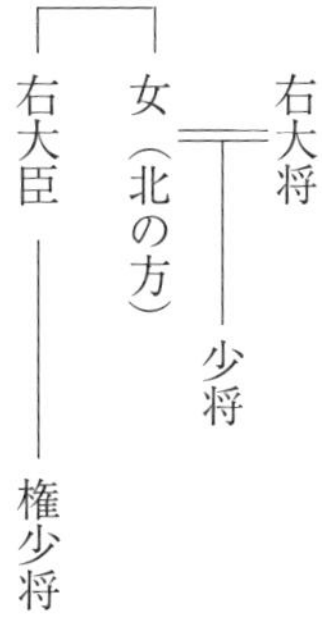

系図B

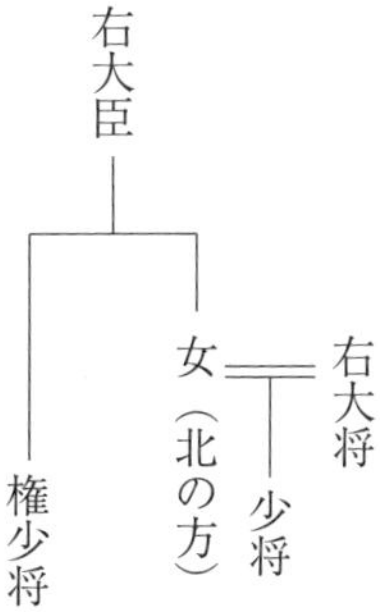

そして、「系図Bの場合、二人の少将は伯父・甥の関係で年齢が違いすぎ、（中略）両少将が似ているというのに合わない」（四六二頁）との理由に拠り系図Aを採る。

豊島秀範[注16]は系図Bについて「年齢的に差」があり物語にそぐわないとしながらも、系図Aは「本文の読みに無理がある」とする。『新大系』はB系図に権少将と按察使大納言家との婚姻関係を補入した形で系図を掲出し、「右大臣が右大将の北の方の兄弟でいらっしゃるので」（六四頁）と注する。年齢差以外の根拠としては、物語の引用という根拠が考えられるが、土岐武治[注17]氏は、系図Bに故大納言一家（大納言夫妻・姫君・中の君）を加えた系図を掲出し、男君と姉妹二人が三角関係を形成する『夜の寝覚』の影響下にあるとする。

「せうと」は『角川古語大辞典』によれば、①「女性から見て兄または弟」、②「兄」の意がある。①から北の方の弟であるとして、その「年齢差」の不自然さが系図Bを比定する絶対的な理由となるだろうか。『思はぬ方に泊まりする少将』の故大納言家の姉妹を宇治の大君・中の君に比定する以上、男君達についても素直に「宇治十帖」を典拠とすべきであろう。薫と匂宮の関係はまさに伯父・甥であり系図Aと重なる。しかも年齢には一世代の差がある。

　薫は柏木と女三の宮の子であり、光源氏の実子ではないが、明石の君を母とする明石中宮とは異母姉弟である。そのため、年齢差の矛盾を解消しようと『新大系』のように言葉を補っ

「宇治十帖」略系図

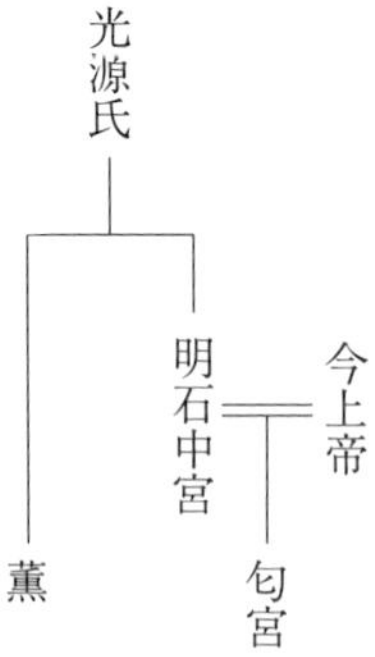

てまで北の方を右大臣の姉妹と解するよりも、素直に北の方と年齢差のある弟でよいのではないか。『思はぬ方に泊まりする少将』に於いては、姫君達が同居する姉妹であること、男君達は年齢と官職が近くしかも親族であるという条件が「取り違え」の要である。「宇治十帖」についていえば、浮舟入水を描く「浮舟」巻では、薫二十七歳、匂宮二十八歳、匂宮の母明石中宮は四十六歳で、さらにその兄の夕霧もいる。加えて薫は明石中宮とは異腹の今上帝女二の宮の降嫁を得ている。

姉弟の年齢差が大きい点については、虚構世界の「宇治十帖」に留まらず、実在の藤原道長・頼通周辺から例を挙げることが可能である。道長と鷹司殿源倫子との間の娘達は、次々と入内しているので年齢がよくわかる。

長女に当たる彰子は永延二年（九八八）、末娘である嬉子は寛弘四年（一〇〇七）に誕生し、同母の姉妹で十九歳の年齢差がある。系図からは除いたが、後一条天皇にも三女の威子が寛仁二年（一〇一八）に入内している。ただし威子は二十歳、後一条帝は十一歳であり、叔母・甥の関係にあってやや年齢的に無理

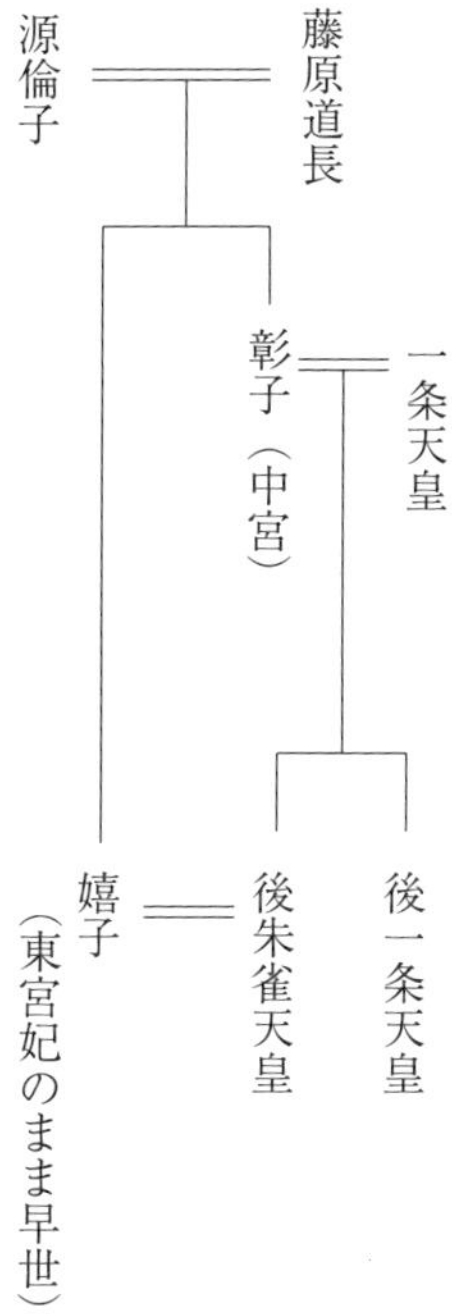

のある成婚であった。しかし、治安元年（一〇二一）に東宮入内した嬉子は十五歳、東宮敦良（後の後朱雀）は十三歳であって、叔母と甥でありながらわずか二歳しか違わない。結婚年齢や出産開始年齢、生涯の出産人数等、現代とはかなり異なる状況であると了解すれば、北の方

と「せうと」権少将の年齢差について、系図を操作しなければならない必然性は認められない。倫子が当時としては長命であり、子供にも恵まれた点で例外的な存在とされるかもしれないので、道長の嗣子で倫子腹の頼通を他例として示しておく。

頼通の正妻隆姫には子が無く、隆姫の縁者である対の君との間に嗣子通房を得るまでの間、頼通は隆姫の弟師房を養子とし、師房は道長と高松殿源明子の二女尊子（頼通の異母妹）と結婚している。隆姫は頼通よりも三歳年下と推測されるが、その弟師房と頼通には十六歳の差がある。十六歳の差は一世代の差と認めることができ、『思はぬ方に泊まりする少将』の二人の少将の関係についてもあり得る範囲と言える。

姫君姉妹を宇治の八の宮の姉妹に比定するだけでなく、二人の少将にも薫・匂宮の血縁関係を認めてよいと思われる。

(2)後世への影響

『思はぬ方に泊まりする少将』の主眼となるのが、姉妹の「取り違え」である。男君が策を弄したわけではなく、偶然が重なった悲劇である。その状況を設定したのが車による迎えという特異な夫婦関係である。生活格差によって通常の「通い婚」ではおさまらない状況が形成され、そこに「手違い」が二重に連続する。

「取り違え」といえば、「浮舟」の宇治での匂宮侵入がまず挙げられる。注(18) また、「取り違え」に関わる女房侍従には他の物語と共通する特性がある。注(19) 「宇治十帖」での「取り違え」の発端は右近であるが、匂宮と薫の二人の男性に二人の女房が肩入れして浮舟を進退窮まらせていく。そして浮舟を我が方に引き取ろうとする男君達の思惑の駆け引きの間に、入水は決行される。「宇治十帖」の典拠・引用を認めても、「車」による「取り違え」は姉妹を迎える『思はぬ方に泊まりする少将』独自のものといえる。『思はぬ方に泊まりする少将』は後世への影響のない作品といわれるが、『松陰中納言』[注20]の「車たがへ」は一人の女性を巡る三角関係（正確には三人の男君達のうち悪役の二人が薫・匂宮よろしく女君を争うのであるが）の駆け引きの過程で「車」を女君略奪の小道具とし、女君（ならぬ乳母と老女房）を取り違えて引き取る点に、『思はぬ方に泊まりする少将』の影響がうかがえる。

関係上「宇治十帖」の確認から筆を進める。

中の君を頼って来た浮舟を、新参者の女房かと思った匂宮は自邸のこととて遠慮も無く早速に迫った。浮舟は母によってすぐに三条の小家に移されるが、さらに、薫によって宇治へと「車」で運ばれる（以上、「東屋」）。翌年、宇治から中の君に遣わされた新年の贈り物から浮舟の存在を確信した匂宮は、腹心の大内記に道案内をさせて、宇治に赴く。

（前略）灯明うともして物縫ふ人三四人ゐたり。童のをかしげなる、糸をぞよる。（中略）右近、「いとねぶたし。昨夜もすずろに起き明かしてき。つとめてのほどにも、これは縫ひてむ。急がせたまふとも、御車は日たけてぞあらむ」と言ひて、しさしたるものどもとり具して、几帳にうち懸けなどしつつ、うたた寝のさまに寄り臥しぬ。君もすこし奥に入りて臥す。右近は北面に行きて、しばしありてぞ来たる、君の後近く臥しぬ。

ねぶたしと思ひければいととう寝入りぬるけしきを見たまひて、またせむやうもなければ、忍びやかにこの格子を叩きたまふ。右近聞きつけて、「誰そ」と言ふ。声づくりたまへば、あてなる咳と聞

き知りて、殿のおはしたるにやと思ひて起き出でたり。（浮舟　⑥一一九～一二三頁）注(21)

公務にこと寄せて薫の宇治来訪は間遠になり、手紙で「司召のほど過ぎて、朔日ごろにはかならず」（⑥一二〇頁）と約束はあるものの、無聊を持てあました浮舟が他出を控えた宵である。急な訪れに不審があるものの、たった今盗み聞いた情報を巧みに利用した宮の話題の整合性と、薫に「いとようまねび似せたまひて忍」（⑥一二四頁）ぶ演技に右近はいとも簡単に欺かれる。さらに道中の災難に「あやしき姿になりてなむ。灯暗うなせ」（同）と命じられるままに灯を遠ざける。宮は「もとよりもほのかに似たる御声を、ただかの御けはひにまねびて」（同）浮舟の寝所に入り込む。宮は薫に似せることで積極的に薫への「なりすまし」を謀り、浮舟付き女房の右近が薫と「取り違え」て浮舟の寝所に宮を導き入れる。

さすがに浮舟は「あらぬ人なりけり」（⑥一二五頁）と気づくが、「はじめよりあらぬ人と知りたらば、いかが言ふかひもあるべきを」（同）と思うが手遅れであった。この「取り違え」は男君の巧妙な計画のうえに成立している。翌朝事故を知った右近は「いとあさましくあきれて、心もなかりける夜の過ちを思ふに、心地もまどひぬべきを思ひしづめて、今はよろづにおぼほれ騒ぐともかひあらじものから、なめげなり、あやしかりしをりにいと深う思し入れたりしも、かうのがれざりける御宿世にこそありけれ、人のしたるわざかは、と思ひ慰めて」（⑥一二六～一二七頁）と「宿世」と諦めて宮の存在を受け入れる。しかし、以後、自分より若い女房である侍従を宮と浮舟の関係に応対させるように配置し、右近自身は薫との交渉に徹する。やがて薫は浮舟を都に迎える準備を始めるが、その様は大内記を通してすべて匂宮方へと伝わり、宮は薫に先んじて浮舟を引き取る策を練る。浮舟引き取りのために正式な手続きを踏み、母中将も認める薫を勧める右近、恋情に流される匂宮に肩入れする侍従、側近の女房二人の思惑も対立して進退窮まった浮舟は自身の存在を喪うことが唯一の解決策であるという結論を出す。そして、薫・匂宮のいずれの迎えの「車」に乗ることなく宇治から姿を消す。

薫を装った匂宮を薫であると「取り違え」、二人の女房がそれぞれの男君に付くことで三角関係の板挟みとなって浮舟が進退窮まる構図ができあがってゆく。

では『思はぬ方に泊まりする少将』はどうか。

男君の下心・興味については、右大臣の子息の少将について按察使大納言の姫君という正妻がありながら「あくがれありきたまふ君」（四六〇頁）、「世とともにあくがれたまふ」（四六二頁）と生来の浮気者とあるが、二人の少将は姉妹に対しては「まめ」であったと見える。しかし右大将邸に着いた姫君を「色なる御心」（四六五頁）で引き留め、しかし「いと馴れ顔に、かねてしも思ひあへたらむことめきて、さまざま聞こえたまふこともあるべし」（同）と、以前から下心があったと作りごとめいて扱う。また右大将の少将は別人であると気づいても「日ごろも、いとにほひやかに、見まほしき御さまの、おのづから聞きたまふ折もありければ、いかで、「思ふとだにも」など、人知れず思ひわたりたまひけることなれば」（四六六頁）と実は下心があったと暴露する。

対して女君達の互いの少将への興味・関心は皆無である。姫君は少将の訪れの間遠を予想通りのことと嘆いて手習に和歌は書き付け、中の君は「今一方よりは、いと待ち遠に見えたまふ」（四六一〜四六二頁）と、それぞれ自身の身の処し方でいっぱいである。

『思はぬ方に泊まりする少将』の二つの「取り違え」は、勝手を知った左衛門尉不在のために代わりにつかわした「いとつきづきしき侍」（四六三頁）の迎えに、手紙のない事情も加わって「姫君の御方の侍従の君に、少将殿よりとて、御車奉りたまへるよしを言ひければ、ねぼけにたる心地に、「いづれぞ」とたづぬることもな」（同）く姫君を権少将側に渡したことに始まる。中の君のもとへは例の「清季参りて」といつもの使者が来ていながら、女君自身が「いま少し若くおはするにや、何とも思ひいたりもなくて」（四六六頁）と、確認もせずに車に乗る。男君達がそれぞれ別の女君を手に入れるために策を弄したわけではない。あくまで結果として、好色な男君達が思いもかけぬ女君を手に入れたのである。

この『思はぬ方に泊まりする少将』と、『松陰中納言』には、侍従という女房が登場する共通点がある。前提となるか結果になるかの差はあるが三角関係という状況設定も共通する。しかし、何よりも、「車」による女君の「取り違え」が共通すると思われる。ただし、『松陰中納言』は全編にわたって『源氏物語』他多くの古典作品のパロディの色合いが濃く、『思はぬ方に泊まりする少将』の序文・跋文で問題にされた「あはれ」という主題性は皆無である。

『松陰中納言』は全五巻からなり、それぞれの巻にさらに主題を示す名前を附して三つから五つの章立てがなされている中編物語である。『鎌倉時代物語集成』や『中世王朝物語全集』に所収されるが、室町時代以降の成立かともいわれる。題名となった松陰中納言が主人公であるが、各章で子息の中将や田鶴君・姫君・弟の右衛門督に至るまでが主人公となり、「松陰中納言一家」の物語といった観がある。物語は敵役となる山の井の中納言の藤の内侍への恋情から起筆される。この山の井の思いをよそに、松陰邸に行幸あった帝は内侍を松陰中納言に下賜し、それを恨んだ山の井は麗景殿女御宛ての偽の懸想文によって松陰を陥れる。流罪となった松陰、さらに連座して一家が離散するが、やがて真相が顕れて一家は都に召喚され、山の井以下陰謀に荷担した人々は因果応報の論理に従って罪に服し、いずれも仏の導きに拠ってめでたく大団円を迎える。

概略は右のとおりで、先行の物語や和歌等からの発想・引用が目立つ作品である。その中で、『思はぬ方に泊まりする少将』の影響を認めてもよいかと思われるのが、巻二に収められた「車たがへ」の、まさに車による女君の「取り違え」場面である。

人物設定は、『思はぬ方に泊まりする少将』で問題となった四角関係とは全く異なる。まず、女君は藤の内侍ただ一人である。それに対して男君は三人を数える。まず帝から内侍を下賜された相愛の松陰。その松陰が無実の罪で配流となった留守に内侍を狙う、山の井の中納言と宰相中将の二人。この二人が、それぞれ我が方に藤の内侍を迎え取ろうと画策し、山の井には内侍の乳母の侍従が、宰相中将には内侍付きの女房の少納言がそれぞれ心を寄せ、内侍の関心のない所で奇妙な三角関係が形成される。内侍に仕えた二人の老女は、浮舟付きの右近と侍従の二人の女房が薫と匂宮に心寄せをしたパロディといえる。

しかし、後半の展開は、浮舟の入水で終止符を打った三角関係とは大きく異なっていく。

松陰配流に当たり、侍従は知人の頼み所（実は山の井）に難を避けて移るように勧めるが、藤の内侍は拒否する。少納言の方もこの機会に宰相中将に「逢はせ奉らん」（六八頁）と連絡をとる。内侍は兄の頭の中将の元に身を寄せようとするが、侍従はそれに先んじて内侍を連れ出そうと山の井に車を乞う。以下、「取り違え」の場面を示す。

（前略）侍従、中納言殿へ「御車を来させ給へ」と、告ぐれば、やがて仕立てて西の対に待ち奉る。少納言も、同じ心に宰相のもとへ車を請ひて、東の対に寄せ来たる。共に、「迎へを奉りし」よしを、啓すれば、「車に召させ給はん」とて、出でさせ給ふに、少納言は、「東の対へ」と啓すれば、侍従は、

「こなたへ」と、御袖を引き止むる。〈いづくならん〉と、怪しく思して、たたずみ給ふに、頭中将のいまして、「我がかたへ、入らせ給はん」と告げ給へれば、「御迎へにこそ」「西の対に、見なれぬ人々の、あまた候ふは、いづくよりか」と、尋ね給へば、「我も、怪しくこそおぼえ候ふなり」と、二人のありさまを語らるるに、「老いもて行くままに、いとど心の拗けぬるにこそ。御後見は、かかるものかは」とて、西の対へおはして、「その御車を、東の対へ廻し給へ。それより召されなん」と、のたまへば、喜びて引き廻す。

東の車は、西へ寄せさせて、侍従を召されて、「大納言の帰り給はんこそも、定めなければ、一人住み給はんも心苦しければ、中納言の深う思ひ給へると聞きつれば、まゐらすべけれ。このよし、行きてのたまへ。この黄昏に車を、いと忍びて」と、のたまはすれば、いと喜びて、西の対なる車を〈それ〉と、心得てうち乗りて、やり出だす。宰相中将の待ちわび給へる所へ、車を寄すれば、やがて簾をかかげ給へるに、それにはあらで侍従なりければ、うち驚きて〈なにとて、おはしつるぞ〉と、思ひ給へば、「中納言の車と思ひつるに、こと違ひにけり。かしこへ送らさせ給へ」と、詫びあへれど、「少納言がため、難かしかるべけれ」とて、押し込めて置き給へり。（六八～七〇頁）

東の対と西の対に、同時に双方の車が到着する。それぞれに心寄せの侍従と少納言が内侍を誘うが、折から現れた頭の中将の機転で、まず待機する二両の車を入れ替える。さらに言いつくろって、侍従を宰相中将からの車に乗せて中将邸に向かわせ、結果侍従はそのまま中将邸に留められる。『思はぬ方に泊まりする少将』では中の君が右大将邸に着いたときの「御車寄に少将おはして、物などのたまふに、あらぬ御けはひなれば」（四六六頁）と、車のところで早くも入れ替わりに気づく共通点もあるが、気づきの主体が中の君であるのに対して、『松陰中納言』では宰相中将と、気づく主体が男女で入れ替わっている。

次いで、頭の中将は現在北の方のいる山の井の中納言よりも宰相中将のほうが藤の内侍に相応しいと少納言を騙り、「まづ、行き給うて、志のほども聞き給うて、暮れつかた御迎へに渡り給へ」（七〇頁）と持ちかける。

（前略）「御志は、浅からずこそわたらせ給へ。我を迎へ給はんとて、東の対に車を寄せて候ふなれば、これに、召させなん。折こそよけれ」とて、うちそそめければ、「それもうちつけには、軽々しく思ひ給はなん、車のあり遇ひけるも幸ひにこそ、まづ」とて、乗せさせ給ひければ、乗るままに飛ばせて山の井にいたりて、人々はしたり顔にふるまふを、中納言は、いと嬉しく思して、几帳さし隠しつつ妻戸の道へ入れて見給へれば、あやしき老人なりけり。問はせ給へば、「少納言にて候ふ。殿の幸ひあれば、早く対面を」と、急ぐ。

中納言は、いと心得給はで、「侍従いかに」と、問はせ給へるに、それと知られぬるにや。「宰相のもとへこそ、まゐらめ」と言へど、いと気色の変はらせ給ひて、責めさせ給へば、頭中将の言の葉を、つゆ漏らさず語りて、「我を、帰させ給へ。この暮れほどには、伴ひてこそ」と、誑れど、「宰相のもとへぞ渡り給ひなん」と、いとど息巻き給ひて、塗籠に押し込め給へば、せむかたなくて泣き居る。

（七〇～七一頁）

宰相中将は女性を邸内に導き入れて内侍かと見れば、老いた少納言であり、しかも内侍を中納言に渡す計略を縷々と語ったことから塗籠に監禁する。この場面も、『思はぬ方に泊まりする少将』では「御車寄せて、おろしたてまつりたまふを、いかであらぬ人とは思さむ。…やうやうあらぬと見なしたまひぬる心惑ひぞ」（四六四頁）と、車から降ろされてから姫君が「取り違え」に気づいている。それが『松陰中納言』では妻戸まで導いた中納言が先に気づき、先の場合と同様に、気づく主体が男女入れ替わっている。

この箇所について、『中世王朝物語全集』は「あやしき老人なりけり」に、「『堤中納言物語』の「花桜折る少将」の末尾部分の姫君と祖母の尼君を取り違える話が、先蹤としてあろう」（八一頁）と、藤の内侍を迎えたつもりが実は老女房少納言であった点が共通すると注する。

『花桜折る少将』の当該箇所では次のとおりである。注(22)

入内話の持ち上がっている故源中納言の姫君を盗もうとした中将が、家司の光季に「たばかれ」（三九二頁）と姫君略奪の準備を申しつける。そこで、光季は邸内の「若き人の思ひやり少なき」（三九三頁）に仲立ちを頼み、中将を姫君の部屋まで導く。

火は物の後ろへ取りやりたれば、ほのかなるに、母屋にいと小さやかにてうち臥したまひつるを、かき抱きて乗せたてまつりて、車を急ぎてやるに、「こは何ぞ、こは何ぞ」とて、心得ず、あさましう思さる。（三九三頁）

事件の後姫君の中将の乳母が、寝所にいたのは姫君の身の上を案じた祖母の尼君であったと語る。そして、尼君が「もとより小さくおはしけるを、老いたまひて、法師にさへなりたまへば、頭寒くて、御衣を引きかづきて臥したまひつるなむ、それとおぼえけるも、ことわりなり」（三九三〜三九四頁）と、「取り違え」られて車に運ばれたのはもっともだと補足し、語り手の「御かたちは限りなかりけれど」（三九四頁）の揶揄で物語は閉じられる。

このように『花桜折る少将』での姫君と老尼君の「取り違え」は、連れ出した女君が老女であった点では共通するが、「車たがへ」は「迎えの車」に拠る女君と老女の「取り違え」に留まらず、肩入れする男君達の手に落ちた二人の老女の「取り違え」という二重の構造をもち、二組四人の男女が関わった『思はぬ方に泊まりする少将』の影響がより強いといえる。勿論偶発的な『思はぬ方に泊まりする少将』に対して、頭の中将の機転で車そのものの配置を違え、もとのままの車であると錯覚した乳母と女房を別の車に乗り込ませる所は「宇治十帖」の匂宮の薫に偽装しての侵入と一脈通じる所はある。しかし、「車たがへ」にはそれぞれの仲立ちの乳母と老女房が互いの男君の手に落ちる趣向、「取り違え」の気づきに男女の入れ替えはあるものの、車の到着時、室内に通されてと「気づきの場」は明らかに共通している。

そして、「車たがへ」で侍従が宰相中将側の手に落ちたことで、のちに侍従が山の井の奸計を語って真相が顕れることになり、物語の結末に事態は急展開する。注(23)「車たがへ」は『松陰中納言』の松陰一家離散を描く前半と仏教に拠る救済を描く後半の物語を結ぶ重要な場面であり、「車」に拠る二人の女性の「取り違え」は『花桜折る少将』のような笑いで終わるオチの扱いでは決してない。

今まで後世への影響はないとされてきた『思はぬ方に泊まりする少将』であるが、「車」を使った女性の「取り違え」は『松陰中納言』に影響を与え、物語の要の場面に再生されたといえる。

注

(1)『落窪物語　堤中納言物語』（小学館、二〇〇〇年）。解説は稲賀敬二氏。のち妹尾好信編集『稲賀敬二コレクション4　後期物語への多彩な視点』（笠間書院、二〇〇七年）所収「第二部　進化する『堤中納言物語』論」。

（2）大槻修氏校注『堤中納言物語　とりかへばや物語』（一九九二年）
（3）「場の文学としての『思はぬ方にとまりする少将』―平安後期短編物語論―」（『堤中納言物語の言語空間　織りなされる言葉と時代』（翰林書房、二〇一六年）
（4）「『思はぬ方にとまりする少将』論」（『物語研究史』おうふう、一九九八年）
（5）「『堤中納言物語』の編纂時期―「思はぬ方にとまりする少将」の成立から―」（田中隆昭編『日本古代文学と東アジア』勉誠出版、二〇〇四年）
（6）「『思はぬ方にとまりする少将』の典拠」（『堤中納言物語の研究』風間書房、一九六七年）
（7）「『思はぬ方にとまりする少将』ところどころ」（九州大学国語国文学会「語文研究」75、一九九三年六月）
（8）注（4）に同じ。
（9）注（3）に同じ。
（10）「思はぬ方にとまりする少将」（早稲田大学高等学校『早稲田大学高等学校研究年誌』29、一九八五年三月）
（11）注（10）に同じ。
（12）注（4）に同じ。
（13）「「思はぬ方にとまりする少将」と「はなだの女御」―末尾表現に着目して―」（物語研究会編『物語研究5　書物と語り』若草書房、一九九八年）
（14）注（3）に同じ。
（15）「「劣りまさるけぢめ」―『堤中納言物語』「思はぬ方にとまりする少将」論」（東海大学日本文学会『湘南文学』第36号、二〇〇二年三月）
（16）注（4）に同じ。
（17）注（6）に同じ。

(18) 拙稿「「思はぬ方にとまりする少将」小考―短編物語の手法―」(立命館大学日本文学会『論究日本文学』四七号、一九八四年五月。のち王朝物語研究会編『研究講座　堤中納言物語の視界』〈新典社、一九九八年〉再録)

(19) 拙稿「侍従考―平安末期物語および鎌倉時代の物語にみられる脇役女房史―」(『源氏物語』宇治十帖の展開と継承―女君流離の物語』和泉書院、二〇一一年)

(20) 中世王朝物語全集16『松陰中納言』(阿部好臣校訂　笠間書院、二〇〇五年)

(21) 本文は小学館新編日本古典文学全集『源氏物語⑥』(一九九八年)に拠る。

(22) 本文は注(1)に同じ。

(23) 拙稿「『松陰中納言』の語りの諸相」(注(19)に同じ)。

参考

『平安時代史事典』(角川書店、一九九四年)

新編日本古典文学全集『栄花物語①』、『栄花物語②』(小学館、一九九五年、一九九七年)

【付記】作品名・引用等は『新編全集』の表記に統一した。和歌は『国歌大観』(角川書店)の本文に拠る。

『はいずみ』を読む
――「我身かく」歌の解釈と「口おほひ」する女の系譜――

星山　健

一　はじめに

本稿においては『はいずみ』に登場する古妻と新妻に対しそれぞれ異なる観点から光を当てる。まず第二節では、古妻の最初の詠歌「我身かくかけはなれむと思ひきや月だに宿をすみはつる世に」（以下、「我身かく」歌と呼ぶ）の解釈を再検討する。次いで第三節では、新妻の「口おほひ」という行為の意味を改めて他作品に見られる同語の用例から探ることとする。注(1)

二　「我身かく」歌の解釈

今の人、あすなんわたさんとすれば、此男に知らすべくもあらず。「車なども、たれにか借らむ。送れとこそはいはめ」と思ふも、おこがましけれど、いひやる。「こよひなんものへわたらむと思ふに、車しばし」となんいひやりたれば、男、「あはれ、いづちとか思ふらむ。行かんさまをだにみむ」と思ひて、いまこゝへしのびて来ぬ。女、待つとて端にいたり。月のあかきに、泣く事かぎりなし。

我身かくかけはなれむと思ひきや月だに宿をすみはつる世に

といひて泣くほどにくれば、さりげなくて、うちそばむきていたり。（八七）

「我身かく」歌は、右のように物語前半、古妻が夫から新妻をこの家に迎えることを告げられ、今夜の内に邸を去ろうとする際の独詠歌である。ちなみに岩波新日本古典文学大系（以下、新大系と呼ぶ）は以下のように脚注を施す。

私がこうして住み慣れた家を離れようと思ったであろうか。月でさえいつまでも澄みわたる世なのに。「かけはなれ」に「影」、「澄む」に「住む」を掛ける。「影」「澄む」は月の縁語。

諸注の解釈はおよそこれと同様であり、「すみはつるよに」の「よ」については等しく「世」の字を当てている。それを踏まえ本節において提唱したいのが、「かけ」「すむ」だけでなく「よ」についても「世」と「夜」の掛詞を積極的に認めた上で、和歌を表記する上であえて漢字を当てるとすれば、「世」ではなく「夜」の側を採用することである。ちなみに近年の注釈書としては、新潮日本古典集成（以下、集成と呼ぶ）が唯一、「世」と「夜」の掛詞に言及する。

わたし自身が住みなれたこの家を離れるであろうと、かねて思ったことだろうか。空の月でさえ、この家を住み家として、澄みわたる世の中だのに。思いもかけず、わが家を去ることになってしまって……。「掛離る」と「影離る」と、「住み果つる」と「澄みはつる」と、「世」と「夜」とは、掛詞。

「影」「月」「澄む」「夜」は、縁語。「わが身—かけはなる」と「月—すみはつる」とを対比する。人ならぬ月でさえも、この宿にすみはてるこの夜に、わたしたちの世（夫婦仲）では、住みはてることなく、このように離れることになったという慨嘆。（八二〜八三）

右においては重要な指摘がなされながらも、それが現代語訳に反映されていないことをはじめ、いまだ解釈上の問題が残されているように思われるので、以下検討する。

まず、この「我身かく」歌は、「月」「すみはつるよ」の組み合わせ、および月の有り様に人事が重ねられている点からして、以下の歌が参考になろう。

うき雲にしばしまがひし月影のすみはつるよぞのどけかるべき（二—四二〇）

これは『源氏物語』「松風」巻、桂の院での饗応の折、主である光源氏に続いて「頭中将」なる人物が詠んだ歌である。

雲にしばらく隠れていた月の光が再び澄みわたった今夜のように、つらい目にあって都を離れていた源氏がついに都に返り咲いた今の世は、さぞかし穏やかなことであろう。（二—二〇八）

右に引用した新大系の訳がもっとも要点を押さえているであろうか。月との関係において「すみはつるよ」はまず一義的に「澄みはつる夜」、つまり月が澄みきった夜なのである。

問題の「我身かく」歌の「よ」が「世」のニュアンスをも含むことは、この古妻の独詠歌が、まさに「世」に言及した彼女の①夫への発話、②女房への発話の後に詠まれていることからもうかがえる。

①さるべき事にこそ。はやわたし給へ。いづちも〳〵往なん。いままでかくてつれなく、うき世を知らぬけしきこそ（八六）

②心うきものは世なりけり（同）

しかしながら、詠者たる古妻が「すみはつるよに」ここを去って行くのであって、「よを」ではないことからしても、「よ」が一義的に「夜」であることは明白である。

以上を踏まえ、この歌の現代語訳を試みるならば、およそ次のようになろう。

私訳

　月さえもここを常しえの宿りとするかのように澄みわたって輝くこの夜に、住み果てることなく私がこうしてこの家を出て行くことになろうとは思いもしなかった。

本節においてこの掛詞にこだわる理由は他でもなく、この「夜」が『はいずみ』前半、古妻をめぐる物語のテーマと大きく関わるからである。

「あてにこゞしき人の、日ごろものを思ひければ、すこし面やせて、いとあはれげなり」（八五）からうかがえるように、夫が新妻を儲けたことにより古妻は日頃から思い悩み、危機感を抱いていたようである。しかしながら、新妻をこの邸に迎えるとの申し出はあまりに急なものであった。明日には新妻がこちらに渡ってくると聞き、古妻は急遽今夜中の退去を決意する。その中で彼女が輝く月を見ながら詠んだのが「我身かく」歌であった。「月だに宿をすみはつる夜に」という詠みぶりには、まさかこの一夜のうちに邸を追われることになろうとはという、あまりに急な事態の展開に驚愕する思いが籠められていよう。

　そして、物語は彼女が「夜のふけぬさきに」（八八）と邸を去って行った後、今一度大きな展開を見せる。古妻を送った童から彼女が身を寄せた先での詠歌を聞き翻意した夫は、「明けぬさきに」（九一）と彼女を迎えに出掛け、再会した際にも「夜の明けぬさきに」（同）と、慌てて彼女を邸に連れ戻す。最終的に古妻が「夢のやうにうれし」（九二）と思うことをもって一連の物語に幕が下ろされるが、突然家を追われたかと思いきや、一夜のうちに連れ戻され、夫婦仲も以前に立ち戻るという、それはまさに夢のような出来事であった。「明けぬさきに」と急ぐ夫について新大系は、「女の姿が他人の目に触れぬよう心配りしている。優柔不断なこの男にも、みやびの世界は生きていた」（九一）と説くが、それ以上に、〈昼間の物語〉たる、続く新妻の物語との対比[注(2)]を明確にするための物語的要請ではないだろうか。その一夜の物語の起点に置かれているのが「我身かく」歌であり、そのような点からしても「すみはつるよ」の「よ」は、やはり一義的には「夜」と解釈されるべきなのである。

三　「口おほひ」する女の系譜

この男、いとひきゝりなりける心にて、「あからさまに」とて、今の人のもとに、昼間に入りくるをみて、女、「にはかに殿おはすや」といへば、うちとけていたりけるほどに、心さはぎて、「いづら、いづこにぞ」といひて、櫛の箱をとりよせて、白き物をつくると思ひたれば、とりたがへて、掃墨いりたるたゝう紙を、とりいでて、鏡もみずうちさうぞきて、女は、「「そこにてしばし。な入り給ひそ」といへ」とて、ぜひも知らず、きしつくるほどに、男、「いととくもうとみ給かな」とて、簾をかきあげて入りぬれば、たゝう紙を隠して、をろ〳〵にならして、うち口おほひて、夕まぐれにしたてたりと思ひて、まだらにおよび形につけて、目のきろ〳〵として、またたきいたり。男、みるにあさましう、めづらかに思ひて、いかにせむとおそろしければ、近くもよらで、「よし、今しばしあり

て参らむ」とて、しばしみるもむくつけければ、往ぬ。　（九二〜九三）

右は物語後半、夫の突然の来訪に慌てた新妻が、白粉と間違え掃墨を顔に塗ってしまうという場面である。古妻と縒りを戻し、新妻のもとから足が遠のいていた夫であったが、この出来事が二人の関係を終わらせる決定打となる。

「転写を重ねて、多くの誤謬や脱落・修訂を産み出した現存六十余本の書写年代が、すべて近世以前に遡ることは困難であり、諸本の祖本が室町期以前に遡れない」[注(3)]とされる本物語において、読解に苦しむ箇所は少なくない。右の引用箇所においても、「うちさうぞきて」「きしつくる」「夕まぐれに」などは、諸注により解釈の分かれるところである。しかし、従来特に問題視されていない語についても、その用例を丁寧に辿っていくと、必ずしもその物語上の意味を正確に捉え切れていないかと思われるものがある。

本節においては、先に傍線を施した「うち口おほひ（ふ）」という語に着目する。まず、この箇所に関する詳細な解説として、岩波日本古典文学大系（以下、大系と呼ぶ）の補注を引く。

信友本（この部分明静院本による補写）「くちうちおほひて」がおだやかに見えるが、明静院本系統の三手本・神宮本はじめ諸本「うちくちおほひて」とあって、「口うちおほひて」はとりがたい。「うち口ずさびて」（源氏、柏木）、「うち声づくり給へば」（源氏、蜻蛉）、「うち物語らひて」（伊勢第二段）などと同じく、熟語動詞「口おほふ」（名詞は「口おほひ」）に接頭語「うち」がついたものと見たい。「口おほふ」は女性の恥じらいのさまで男性に対するみだしなみ。　（四四七）

「うち口おほひ」が本来の形であること、およびその語構成については右の指摘どおりであろう。問題はそれを「女性の恥じらいのさまで男性に対するみだしなみ」と捉える点である。これについては例えば小学館新編日本古典文学全集（以下、新全集と呼ぶ）の頭注も、「恥じらいのさま。昼間だから顔を隠すのは当時の女性のエチケット」（四九七）とする。テレビ・映画の時代劇でもおなじみの仕草であり、おそらくはそこにおけるイメージを元にこれまで右のように解されてきたのであろうが、他作品における用例を辿っていくと、実は当時にあっては単に恥じらいやエチケットを示すに留まらない意味が、特に物語世界において持たされていたように思われる。

そこで以下、動詞「口おほふ」及び名詞「口おほひ」の用例（以下、両者を合わせて「口おほひ」の用例と呼ぶ）を具体的にあげながら、注(4) この問題を検証していく。

①平安中期、主に『源氏物語』の用例

まず、女流日記の用例として、以下の二例があげられる。

今朝も見出だしたれば、屋の上の霜いと白し。わらはべ、昨夜の姿ながら、「霜くちまじなはむ」とて騒ぐも、いとあはれなり。「あなさむ、雪恥づかしき霜かな」と口おほひしつつ、かかる身を頼むべかめる人どものうち聞こえごち、ただならずなむおぼえける。（『蜻蛉日記』二六五）

上よりおるる途に、弁の宰相の君の戸口をさしのぞきたれば、昼寝したまへるほどなりけり。萩、紫苑、いろいろの衣に、濃きがうちめ心ことなるを上に着て、顔はひき入れて、硯の筥にまくらして、臥したまへる額つき、いとらうたげになまめかし。絵にかきたるものの姫君の心地すれば、口おほひを引きやりて、「物語の女の心地もしたまへるかな」といふに、見あけて、「もの狂ほしの御さまや。寝たる人を心なくおどろかすものか」とて、すこし起きあがりたまへる顔の、うち赤みたまへるなど、こまかにをかしうこそはべりしか。

（『紫式部日記』一二八）

しかし、前者は寒さゆえに童が口を覆うものである。また、後者も昼寝をしていた弁の宰相の君のものであるから、あくまでも無意識的な所作であろう。いずれも『はいずみ』のものとは本質的に異なるので、ここでは考察の対象外とする。

注目すべきは『源氏物語』の用例である。この物語において「口おほひ」する女の一人目は空蝉である。

灯近うともしたり。母屋の中柱に側める人やわが心かくるとまづ目とどめたまへば、濃き綾の単襲なめり、何にかあらむ上に着て、頭つき細やかに小さき人のものげなき姿ぞしたる、顔などは、さし向かひたらむ人などにもわざと見ゆまじうもてなしたり。手つき痩せ痩せにて、いたうひき隠しためり。（中略）たとしへなく口おほひてさやかにも見せねど、目をしつとつけたまへれば、おのづから側目に見ゆ。目すこしはれたる心地して、鼻などもあざやかなるところなうねびれて、にほはしきところも見えず。言ひ立つればわろきによれる容貌を、いといたうもてつけて、このまされる人よりは心あらむと目とどめつべきさましたり。

（一―一二〇～一二一）

右は「空蝉」巻、軒端荻と囲碁を打つ彼女の姿を光源氏が垣間見る場面である。たしなみの深さは感じられるものの、本来外部の者がのぞき見ることなど想定し得ない状況において碁石を置くときの袖口にまで気を配る態度は、いささか過剰にも思える。そして、その「口おほひ」の向こう側に見えたものは、「言ひ立つればわろきによれる容貌」であった。

女性が袖や扇で自らの口元を隠すという行為は、当時にあってごく一般的・日常的な所作のように思われる。しかし、この「口おほひ」という語は、王朝文学全体を見渡してもきわめて用例が少なく、この

『源氏物語』にも五例しか見られない。そして、その五例中二例が末摘花に関するものである。

まづ、居丈の高く、を背長に見えたまふに、さればよと、胸つぶれぬ。うちつぎて、あなかたはと見ゆるものは鼻なりけり。ふと目ぞとまる。普賢菩薩の乗物とおぼゆ。あさましう高うのびらかに、先の方すこし垂りて色づきたること、ことのほかにうたてあり。色は雪はづかしく白うて、さ青に、額つきこよなうはれたるに、なほ下がちなる面やうは、おほかたおどろおどろしう長きなるべし。痩せたまへること、いとほしげにさらぼひて、肩のほどなど、痛げなるまで衣の上まで見ゆ。何に残りなう見あらはしつらむと思ふものから、めづらしきさまのしたれば、さすがにうち見やられたまふ。（中略）何ごとも言はれたまはず、我さへ口とぢたる心地したまへど、例のしじまもこころみむと、とかう聞こえたまふに、いたう恥ぢらひて、口おほひしたまへるさへひなび古めかしう、ことごとしく儀式官の練り出でたる肘もちおぼえて、さすがにうち笑みたまへる気色、はしたなうすずろびたり。いとほしくあはれにて、いとど急ぎ出でたまふ。（一—二九二〜二九四）

「末摘花」巻、雪の朝に光源氏がはじめて彼女の容姿容貌を目の当たりにする場面である。その醜貌を事細かに書き連ね、（またここではあまりにも引用が長くなるので中略したが）その装束についても散々こき下ろした後に、彼女の「口おほひ」する姿が描き出されている。恥じらうその姿も、まったく性的魅力を感じさせないものであり、光源氏はあきれ果てて彼女の邸をあとにする。

「今年だに声すこし聞かせたまへかし。待たるるものはさしおかれて、御気色のあらたまらむなむゆかしき」とのたまへば、「さへづる春は」とからうじてわななかしいでたり。「さりや。年経ぬるしるしよ」とうち笑ひたまひて、「夢かとぞ見る」とうち誦じて出でたまふを、見送りて添ひ臥したまへ

り。口おほひの側目より、なほかの末摘花、いとにほひやかにさし出でたり。見苦しのわざやと思さる。（一―三〇四）

もう一例は、翌年正月七日、光源氏が再び彼女の元を訪れた際のものである。自身の経済的支援により世間並みの華やぎをみせるようになった邸の様子を見て、光源氏は女主人の成長をも期待するが、当然の如く彼女に大きな変化は見られない。邸を立ち去る光源氏の視線が再び捉えたのは、「口おほひ」する彼女の姿とその奥にある赤鼻であった。

たった五つの用例をもってそのことばのイメージを総合的に判断することは難しいが、藤壺・葵の上・六条御息所、あるいは宇治の大君・中君などといった優美な女君たちに関する例が一つも見られないことは注目に値しよう。

つくづくと臥したるにも、やる方なき心地すれば、例の、慰めには、西の対にぞ渡りたまふ。しどけなくうちふくだみたまへる鬢ぐき、あざれたる袿姿にて、笛をなつかしう吹きすさびつつ、のぞきたまへれば、女君、ありつる花の露にぬれたる心地して添ひ臥したまへるさま、うつくしうらうたげなり。愛敬こぼるるやうにて、おはしながらとくも渡りたまはぬ、なま恨めしかりければ、例ならず背きたまへるなるべし、端の方についゐて、「こちや」とのたまへどおどろかず、「入りぬる磯の」と口すさびて口おほひしたまへるさま、いみじうされてうつくし。「あなにく。かかること口馴れたまひにけりな。みるめにあくは正なきことぞよ」とて、人召して、御琴とり寄せて弾かせたてまつりたまふ。（一―三三一）

右のように、「紅葉賀」巻に紫の上の用例が一例見られるものの、それは彼女がまだ十歳たらずの頃のものである。「入りぬる磯の」とは「潮満てば入りぬる磯の草なれや見らく少なく恋ふらくの多き」の一節を口ずさんだものである。これを踏まえ新全集の頭注は、「まれにしか来ない源氏をさりげなく恨む紫の上は、もはや単なる少女ではない」とするが、従いがたい。「口おほひ」という行為を含めそれは、帰邸してもすぐに自分の所に立ち寄らぬ光源氏に不満を抱き、おそらくはそれまでに見た女房の姿をまね、嫉妬する女を振る舞って見せたのではないだろうか。それを見た光源氏の「いみじうされてうつくし」という感想、および以下の彼の発話から見ても、それが大人の女としてのものだったとは解しにくい。この後、光源氏の膝に寄りかかったまま眠ってしまうことからもうかがえるように、彼女はいまだ幼気な少女なのである。

『源氏物語』における最後の用例は「真木柱」巻、木工の君という女房のものである。

暮るれば例の急ぎ出でたまふ。御装束のことなども、めやすくもしなしたまはず、世にあやしううちあはぬさまにのみむつかりたまふを、あざやかなる御直衣などもえ取りあへたまはで、いと見苦し。（中略）木工の君、御薫物しつつ、

「独りゐてこがるる胸の苦しきに思ひあまれる炎とぞ見し

なごりなき御もてなしは、見たてまつる人だに、ただにやは」と、口おほひてゐたる、まみいといたし。されど、いかなる心にてかやうの人にものを言ひけん、などのみぞおぼえたまひける、情なきことよ。

「うきことを思ひさわげばさまざまにくゆる煙ぞいとど立ちそふ

いと事のほかなることどもの、もし聞こえあらば、中間になりぬべき身なめり」と、うち嘆きて出で

（三―三六八〜三六九）

たまひぬ。

鬚黒大将に北の方が火取の灰を浴びせた事件の翌日である。これから玉鬘のもとへと出掛ける鬚黒のため衣裳に香を焚きしめながら、木工の君が北の方に成り代わり彼の仕打ちを恨む歌を詠む。ただし、自身が彼の召人であったことを勘案するなら、「炎と燃えあがる北の方の嫉妬に同情しつつ、顧みられぬ自らの心を言いこめる歌」（新全集　頭注）と解するのが妥当であろう。だからこそ、この場での「口おほひ」という行為は、「あえて自ら越権行為の発言をしては口を覆う」（同）ものであると同時に、鬚黒に対する媚態であろう。彼もその姿を見て「まみいといたし」と、袖で口元を隠すことにより強調された彼女のまなざしに一瞬魅力を感じる。しかし、玉鬘との関係に浮かれる彼は立ち返り、どうして自分はこんな女に情けをかけたのかと後悔し、北の方との関係と併せ、「さまざまにくゆる煙」と返歌に詠み込み、邸をあとにする。

当時の現実社会において女性の「口おほひ」という行為が如何なる意味を有していたのかは探り得ない。しかしながら少なくとも『源氏物語』におけるそれは、みだしなみやエチケットというよりも、特にそれが男性を前になされた場合には、媚態を帯びた演技性の強いもののように思われる。その点では、新大系が『はいずみ』の当該箇所に施した「きまり悪くて恥ずかしそうに笑う時のしぐさ。男の来訪を喜んで、しなを作った」（九二）との注の後半部分は的を射たものであろう。ただし、それ以上に重要なのが、『源氏物語』を見る限り、幼い紫の上の戯れとしての所作を除けば、「口おほひ」という行為に男を惹きつける、あるいはつなぎ止める力のないことである。本来「口おほひ」という所作は、女性が自らの容貌を他者に見られまいとするものであるがゆえ、逆に相手の男はその隠された姿に興味を惹かれるはずであるにもかかわらず、いずれの用例も扇や袖の向こうに見えた姿が、男の性的関心を引き寄せるようなものでなかった点において一致するのである。

②『今とりかへばや』の用例

先にも述べたように「口おほひ」の用例はきわめて少なく、王朝物語におけるそれは以上を除くと『今とりかへばや』の一例のみである。

上は、御悩みもさることにて、昔の御心なほ忘れさせたまはで、尚侍の近く添ひさぶらふらん有様のいとゆかしう思ほされて、御悩みにことつけて梨壺に渡らせたまはんと思さる。かねてさる御消息などもなくて、しめやかなる昼つ方、いと忍びて渡らせたまひて、御帳の後ろにやをらたち隠れて御覧ずれば、宮の御前は、白き御衣の厚肥えたるを御髪ごめにひきかづきてぞ大殿籠りたる。督の君は少しひき下がりて、薄色ども八つばかり、上織物なめり、すこしおぼえたる袷の衣、袖口ながやかに引き出でて口覆ひして添ひ臥したまへる、いみじううつくしの人やとふと見えて、愛敬はあたりにもにほひ散りて、ただ大将の御顔ふたつにうつしたるやうなれど、かれは、ねびもてゆくままに、けだかくなまめかしくよしめけるさまぞ似るものなくなりまさりたまふめる、これは、ただすずろに見るに笑ましく、いみじからんもの思ひ忘れぬべきさまぞ、いと限りなかりける。（中略）白き薄様に押し包みたる文のいまだ結ぼほれながら宮の御傍らにあるを、少しおよびて取りたまふ手つき、うちかたぶきたるにこぼれかかれる髪の艶、下がり端、目もあやなるほどよりは、裾の上にうちやられたるほどいと長くはあらぬにやと推し量られて、丈ばかりにやあらんと見ゆれど、癖とおぼゆるほどの短さにはあらず、袿の裾に八尺あまりたらん髪よりもうつくしげにぞ見ゆる。少しうち嘆きて、「あなおぼつかなや。今朝も、御返りだになくて、いぶせげにのたまへるものを」とてひき隠しつるを、誰しなどおぼめくべきにはあらず、大将の宮に聞こゆることあるべし、とぞ心得させたまふべき。

（四三一〜四三二）

右は巻四、帝が女東宮の病気見舞いに梨壺を訪れた際、尚侍の姿を初めて垣間見る場面である。「宮の御前は〜大殿籠りたる」からは、彼女が女東宮と共寝しているようにもうかがえる。しかし、中略以降、大将から届いた手紙を手に、彼女が女東宮に語りかけていることから、二人は単に横になっていただけで眠っていたわけではないことがわかる。つまり、『紫式部日記』の弁の宰相の君とは異なり、ここでの「口おほひ」は意識的な所作と見なせよう。

引用部分の最後からも明らかなようにこの垣間見により帝は彼女に魅了され、後日女東宮の不在時に彼女のもとに忍び込み逢瀬を交わす。一見、『源氏物語』の用例を踏まえた①での整理から逸脱した例のようにに見えるが、そうではない。尚侍は普通の女君ではなく、つい数ヶ月前まで男装し大将として宮廷社会にて華やかな活躍を見せていた人物なのである。それを考慮するならば、尚侍がここで見せる「口おほひ」は、女姿となって間もない者が精一杯女らしく振る舞おうとする姿として読み解くことが出来よう。傍線部のように、彼女は異装を解除した後、それまで冠の中に短くまとめていた髪を、吉野の宮から贈られた薬をもって伸ばし始めながらも、当時の姫君としては物足りない長さでしかない。つまり、ここでの彼女はいまだ完全に〈女〉とはなり得ていない存在なのである。

このように解するならば、この『今とりかへばや』の用例も、『源氏物語』におけるそれの延長線上にあるものと捉えられるのではないだろうか。

③『今昔物語集』の用例

説話の世界へと調査範囲を広げても「口おほひ」の語は多く見出せないが、『今昔物語集』に興味深い用例がある。

まず一例目は、巻第二十「陽成院御代滝口金使行語第十」。陽成天皇の御代に滝口の侍道範が金《こがね》の使いに陸奥国へと遣わされた道中、信濃国の郡司の家に宿を取った際の話である。「年二十余許ノ女、頭ツキ姿細ヤカニテ、額ツキ吉ク、有様此ハ弊シト見ユル所無シ、微妙クテ臥タリ」（三―五七）という郡司の妻を垣間見し、道範はその寝所へと忍び入る。

女ノ傍ニ寄テ副ヒ臥スニ、気悪クモ不驚ズ。口覆ヒシウ、臥タル顔、云ハム方無ク近増シテ、弥ヨ微妙シ。（中略）道範我ガ衣ヲバ脱棄テ、女ノ懐ニ入ル。暫ハ引塞グ様ニ為レドモ、気悪クモ辞ブ事無ケレバ、懐ニ入ヌ。其程ニ、男ノ閛ヲ痒ガル様ニスレバ、掻捜タルニ、毛許有テ、閛失ニタリ。驚キ怪クテ、強ニ捜ト云ヘドモ、惣テ頭ノ髪ヲ捜ルガ如ニテ、露跡ダニ無シ。大ニ驚テ、女ノ微妙カリツル事モ忘レヌ。女男ノ此ク捜迷テ怪ビタル気色ヲ見テ、少シ頬咲タリ。（三―五八）

この道範だけでなく、次々と彼女のもとへと向かった「七八人ノ郎等」（三―五九）皆が同じく閛を失うという目に遭うのだが、後にすべては郡司による幻術だったことがわかる。

二例目は、巻第二十三「相撲人大井光遠妹強力語第二十四」。人に追われた男がある邸に逃げ込み、「年二十七八許ニテ、形チ有様美麗ナル女」（三―二三三）を人質に取る。

九月許ノ事ナレバ、女房ハ薄綿ノ衣一ツ許ヲ着、片手シテハ口覆ヲシテ、今片手シテハ男ノ刀ヲ抜テ差宛ル肱ヲ和ラ捕タル様ニテ居タリ。男大ナル刀ノ怖シ気ナルヲ逆手ニ取テ、腹ノ方ニ差宛テ、足ヲ以テ後ヨリアグマヘテ抱テ居タリ。此姫君右ノ手シテ、男ノ刀抜テ差宛タル手ヲ和ラ捕タル様ニシテ、左ノ手ニテ顔ノ塞ダルヲ、泣々其ノ手ヲ以テ、前ニ箭篠ノ荒造タルガ二三十許打散サレタルヲ、手マサグリニ節ノ程ヲ指ヲ以テ板敷ニ押蹉ケレバ、朽木ナドノ和ナランヲ押砕ン様ニ砕々ト成ルヲ、「奇異」ト見ル程ニ、此ヲ質ニ取タル男モ目ヲ付ニ見ル。（三―二三四）

右のような怪力ぶりを見せられ、男は慌てて彼女のもとから逃げ出す。捕まった後に男は、彼女が相撲取りの兄をも上回る力の持ち主であることを聞かされる。

三例目は、巻第二十七「近江国安義橋鬼噉人語第十三」。「行ク人不過ズ」（四―四六）と言われる安義橋をある男が通り過ぎようとすると、「薄色ノ衣ノ□ヨカナルニ、濃キ単、紅ノ袴長ヤカニテ、口覆シテ破無ク心苦気ナル眼見」（四―四八）なる女に出会う。彼女の正体は、「面ハ朱ノ色ニテ、円座ノ如ク広クシテ目一ツ有リ。長ハ九尺許ニテ、手ノ指三ツ有リ。爪ハ五寸許ニテ刀ノ様也。色ハ緑青ノ色ニテ、目ハ琥珀ノ様也」（四―四九）という鬼であり、男はその場を逃げ切ったものの、その後再びこの鬼に襲われ殺される。

最後は、巻第三十一「移灯火影死女語第八」。ある女御の部屋の灯火に、女房小中将の姿が映る。

而ル間、此ノ小中将、薄色ノ衣共ニ、紅ノ単衣ヲ着テ、女御殿ニ候ケル程ニ、夕サリ御灯油参ラセタリケル火ニ、此ノ小中将ガ薄色ノ衣共紅ノ単重テ着テ立テリケル形チ、有様、体一ツモ不替デ、口覆シタル眼見、額ツキ、髪ノ下バ露不違ズシテ移タリケル（四―五〇二）

その後、しかるべき対応を取らずに灯心を搔き落としてしまったため、小中将は後に命を落とすこととなる。

このように『今昔物語集』に見られる「口おほひ」はすべて怪力譚や怪異譚と結びつき、王朝物語におけるそれを承けながらもさらに極端なあり方を見せている。特に最初の三話などは、「口おほひ」する女には近づくべからず、ということになろうか。

なお、『宇治拾遺物語』にも「口おほひ」の語は二例見られるが、『今昔物語集』の一例目および二例目と同類話であるので、ここでは省略する。


以上、「口おほひ」の文学史について概観した。数少ない用例しか見出すことが出来なかったが、それらは従来言われているような、単に恥じらいやエチケットを示すものではない。むしろ多くの場合、過剰さや媚態をうかがわせる、きわめて演技性の強い行為である。ならば、『はいずみ』の用例もそのような一連の系譜上のものと考えられよう。そして、これも第二節と同じく、新妻と古妻の対照性[注(5)]という文脈において理解すべき問題なのである。

夫から新妻をこの邸に迎えることを告げられた際、古妻は、

さるべき事にこそ。はやわたし給へ。いづちも〳〵往なん。いままでかくてつれなく、うき世を知らぬけしきこそ　（八六）

と「つれなく」答える。彼女が女房を前に涙を流すのは、夫が去った後である。そして、急な退去にもかかわらず、

家のうちきよげに掃かせなどする。心ちもいとかなしければ、なく〳〵はづかしげなるもの焼かせな

どする。（八七）

と、夫に見られないところで身辺整理を行う。彼女を見送るため夫が再訪した際には、それまで流していた涙を見られないよう、「さりげなく」（八七）横を向いて隠す。出立に際しても、「いみじく心うけれど、念じてものもいはず」（八八）というように、恨み言を口にすることもない。彼女が再び涙を流すのは門を出て、自らの姿を夫に見られることがなくなってからである。

このように古妻は「つれなく」、「さりげなく」振る舞い、自らの悲しみを夫に悟られまいと尽くした。それが彼女を送った小舎人童の報告により、夫も彼女の真の思いを知ることとなる。「こゝにて泣かざりつるは、つれなしをつくりけるにこそ」（九〇）という気づきは彼に感動をもたらし、彼女は再び深い愛情を寄せられることとなる。注(6)

それに対し、新妻は夫の突然の来訪に慌てながら身だしなみを整える。つまりは、夫に姿を見られる状況のみにおいて自身を取り繕おうとする姿勢が明白である。ところが、その際彼女は誤って白粉の代わりに掃墨を顔に塗りたくってしまう。そして、いざ夫と対面しようとする際の様子を語るのが問題の場面である。

うち口おほひて、夕まぐれにしたてたりと思ひて、まだらにおよび形につけて、目のきろ〳〵として、またたきいたり。（九一）

「夕まぐれに」は解しがたいが、「したてたり」からは急ごしらえではありながら取り繕い得たという彼女の自信がうかがえよう。しかしながら、その真っ黒な顔は夫に「むくつけし」という思いを抱かせるものでしかなかった。この巻末の新妻の物語が笑話であることは自明であるが、そこに夫の心を再び惹き寄せるような魅力的な姿のあり得ないことを、物語は「口おほひ」という所作をあえて新妻に取らせることにより、ことさらに強調しているのである。

　この一連の場面において語り手は、新妻が白粉と間違え掃墨を顔に塗ってしまったことを、夫が垣間見るより先に読者に明かしてしまっている。この点について近藤一一氏は、「こういう思いがけぬ失敗は、その思いがけぬ所が重要で、種あかしが始めからされていては面白さは半減する。何故作者はそれを敢てしたのであろうか」[注(7)]と疑問を投げかける。まさに指摘の通りであろう。近藤氏は続けて、「種が明かされていても、なりゆきの果てがすっかりわかっていても、それが語られて行く過程に於て十分面白いという語る文脈―読む文脈ではない―がここにも残存していると言えようか」と説くが、それには従いがたい。むしろ作者の関心はそのような面白さとは別のところにあったと見るべきではないか。それが古妻と新妻の対照性である。

　古妻は夫の前では涙を隠し、「つれなく」「さりげなく」振る舞う演技性をもって、最終的には夫の愛情を取り戻した。それに対し、新妻は夫の不在時には「うちとけて」[注(8)]（九二）、つまりだらしなくくつろいでおり、彼の来訪時のみうわべを取り繕おうとして失敗し、彼の愛情を完全に失うこととなった。その対比を示すことこそが主たる目的であったからこそ、掃墨の一件をドラマチックに語ることはあえて避け、その上で古妻の下卑た演技性をことさらに強調するため、「口おほひ」という行為を彼女に取らせたのではないだろうか。あくまでも二人妻の物語であることが本話の基本なのである。[注(9)]

※『堤中納言物語』の本文の引用は岩波新日本古典文学大系、『蜻蛉日記』『紫式部日記』『源氏物語』『今とり

かへばや』（『とりかへばや物語』）『今昔物語集』は小学館新編日本古典文学全集に拠る。引用に際してはその巻数・頁数を適宜記した。

注

（1）第三節は、『源氏物語の鑑賞と基礎知識　真木柱』（至文堂、平成16〈二〇〇四〉年11月）掲載の拙稿、補助論文「「口おほひ」する女」をもとに、大幅に加筆修正したものである。なお、「口おほひ」という語に着目した先行研究としては、松井健児氏「身体の表意」（『源氏物語の生活世界』翰林書房、平成12〈二〇〇〇〉年）がある。ただし、それを見る者が肯定的に捉えるか否かという観点から用例を整理する氏の論は、本稿とは関心を異にする。

（2）室城秀之氏「はいずみ」（『国文学　解釈と鑑賞』至文堂、昭和56〈一九八一〉年11月）。

（3）新大系解説三八四～三八五頁。

（4）接頭語「うち」の働きについてはいまだ定説がなく、またそもそも管見の限りでは、同時代に「うち口おほひ」の語は他に見出せなかった。よって、「口おほひ」の用例をもって考察の対象とした。なお、接頭語「うち」の研究史については、後藤英次氏「平安・鎌倉時代の公家日記における接頭語「打（ウチ）」」（『国語学研究』四三、平成16〈二〇〇四〉年3月）に詳しい。

（5）二人の妻の対照性については、注（2）の室城論文に詳しいほか、①「あはれ」と「をかし」（大系解説三四三頁）、②「いたづら」（小嶋菜温子氏「はいずみ物語」（『体系物語文学史　第三巻』有精堂、昭和58〈一九八三〉年）、③「すみ」（井上新子氏「「人に『すみつく』かほのけしきは」―平中の妻と『はいずみ』の女―」（『堤中納言物語の言語空間―織りなされる言葉と時代―』翰林書房、平成28〈二〇一六〉年）といった観点からの指摘がある。

(6)伊藤博氏「堤中納言物語『はいずみ』の形成」(『大妻国文』一六、昭和60〈一九八五〉年3月)は以下のように説く。

本の妻は男の視界外では絶えず泣くが、男の前ではいつも涙を見せない。男は女の泣く姿を一度も見ていないという叙法になっている。男の前ではじっと耐え、さりげなくもてなしていた女の涙が一気にあふれ出し、川になるという。女の泣く姿を見ていなかった男にとって、女の「涙川」の和歌は衝撃的であったろう。

(7)近藤一一氏「「はいずみ」の方法」(『愛知淑徳大学国語国文』一、昭和54〈一九七九〉年3月)。

(8)「うちとけて」いたことが新妻が夫の愛情を失う原因となる点は、同じく二人妻の物語である『伊勢物語』二十三段とも重なる。

(9)神尾暢子氏「掃墨物語の源流素材―堤中納言と伝承説話―」(『大阪教育大学紀要(人文科学)』二七―一・二、昭和53〈一九七八〉年12月)等参照。

『堤中納言物語』――研究の現在と展望

井上新子

一　はじめに

一九九八年に王朝物語研究会編『研究講座　堤中納言物語の視界』（新典社。以下『視界』と記す）が刊行された。おおよそ一九八〇年代半ば以降に発表された『堤中納言物語』に関する論文の中から数編を再録してそれまでの研究成果を示し、また新たに書き下ろされた論文数編もあわせて収めることで、以後の研究の指針となることを目指したものであった。『視界』に収録された保科恵〈研究の現在と展望〉は、主に三谷榮一編『物語文学の系譜Ⅰ平安物語』（体系物語文学史第三巻、有精堂、一九八三年）以降の「研究の現在」を論述している。これを受け、本稿はこの『視界』以降の「研究の現在」を記述するものである。当期間の成果を中心に、関連する先行の論考を必要に応じて補いつつ概観したい。

論述にあたり、本文中で言及する二〇〇〇年以降の文献に関しては、番号を付し本稿末尾に一括して文献一覧として掲げ、掲載誌・発表年月等を記すこととした。なお、保科恵編『堤中納言物語文献集成』（新典社、一九九七年）及び「堤中納言物語文献集成・補遺―附・執筆者名索引―」（㊼二〇〇七年）が、『堤中納言物語』に関する文献を網羅し一覧していて、検索に至便である。また済東脩「『堤中納言物語』研究史の変遷と重要問題―昭和初期から二千年代まで―」（54二〇一〇年）が、昭和初期からの『堤中納言物語』の研究史の変遷を詳述している（ただし、本稿で扱う期間についてはそれほど筆がさかれているわけではない）。このほど、井上『堤中納言物語の言語空間―織りなされる言葉と時代―』（⑥二〇一六年。以下『言語空間』と記す）が刊行され、その「はじめに」において研究史が素描されている。あわせて参考としていただければ、幸いである。

二　テキスト・注釈・本文批判

『堤中納言物語』の伝本は六十余本を数えるものの、書写年次が近世初期を遡るものはない。書写年次や伝本間の異同の状況から、現存伝本は近世初期あるいはこれに近い以前に同一祖本から派生した同系の写本であると考えられている（松村誠一「堤中納言物語伝本考（一〜五）」〈「高知大学学術研究報告」一巻二号、一九五二年七月〜六巻九号、一九五七年一〇月〉、土岐武治『堤中納言物語の研究』〈風間書房、一九六七年〉、鈴木一雄『堤中納言物語序説』〈桜楓社、一九八〇年〉他）。事実上異本と呼びうる伝本が存しない状況下、損傷の激しい難解箇所をどう校訂し解釈するのかといった問題が、作品研究をすすめる上で今なお大きく横たわっている。

現行の活字テキストは、校訂者の解釈が多かれ少なかれ影を落としている。そのため、諸伝本をあらためて見つめることも一方で必要であろう。こうした中、『堤中納言物語』の最善本の一つと目される高松宮本（国立歴史民俗博物館蔵）の影印が笠間文庫より刊行された（池田利夫編・解説『高松宮本堤中納言物語』〈④二〇〇七年〉）ことは、利用者の便を高めた。

注釈書としては、二〇〇〇年に稲賀敬二校注・訳　新編日本古典文学全集『堤中納言物語』（②）が加わった。日本古典文学全集の改訂版である。難解箇所について斬新な読みを提示する本書は、『堤中納言物語』の読解に鮮やかな一石を投じている。この問題提起を一つの契機としつつ、個々の具体的箇所の読みを再検討していく必要がある。付録として「六条斎院禖子内親王物語合」及び「斎宮貝合日記」の本文と注釈とを所収し、物語の生み出された場を念頭に置きながらの作品理解を促している。また、大倉比呂志編『校注　堤中納言物語』（①二〇〇〇年）、池田利夫訳・注　笠間文庫『堤中納言物語』（③二〇〇六年）も刊行された。後者は対訳古典シリーズ『堤中納言物語』（旺文社）の改訂版であり、「ある堤中納言物語論」（藤田徳太郎氏の遺稿『堤中納言物語新釈』の一部）もあわせて収載されている。

難解箇所の多さのためか、特定箇所の本文と解釈の問題に的を絞り考究する論考が散見する。後藤康文氏が世に問い続けている、本文の不審箇所に積極的な復元的批判を加え本文整定案を示す一連の論考（「「頭中将の御小舎人童」考その他―『堤中納言物語』の本文批判」〈㊴二〇〇六年〉、「後期物語」〈㊵二〇〇六年〉他）は、『堤中納言物語』の現存伝本の読みの一方向性を大胆に示していて、注目される。また、妹尾好信「『貝合』本文存疑考・二題」（⑪二〇〇一年）、保科恵「特異修辞と表現方法―虫愛づる姫君の和歌―」（㉗二〇〇五年）他があり、こうした検討が作品全体の読みの方向性とも緊密に繋がっていくことを示唆している。

　本文校訂と解釈は、作品論を展開する上で基礎となる重要な問題であり、今後も『堤中納言物語』の研究に取り組む際に忽せにできぬ分野である。

三　成立・編者・書名の由来

　陽明文庫蔵廿巻本『類聚歌合』所収の天喜三年（一〇五五）「物語歌合」をめぐる発見以後（池田亀鑑「古歌合巻とその学術的価値」〈「短歌研究」八巻二号、一九三九年二月〉、萩谷朴「廿巻本「類聚歌合巻」の研究」〈同上〉、鹿嶋〈堀部〉正二「堤中納言物語成立私考」〈「文学」七巻二号、一九三九年二月〉）、それまで一部に疑義が挟まれていたものの概ね一般的であった十編の同一成立・同一作者説が修正されることとなった。個別に制作されたものが後世に「集」として編纂されたと見なされるようになったのである。各所収作品は、おおよそ平安後期から院政期、くだっても鎌倉初期あたりまでに成立したと考えるのが今日一般的となっている。

　近年、こうした見方に異を唱える意見も提出されている。前掲の新編日本古典文学全集「解説」において稲賀敬二氏は、引歌やこれを生み出した人物関係等から『花桜折る少将』と『思はぬ方にとまりする少将』の成立を『源氏物語』以前の十世紀後半とした。一方、新美哲彦氏は作中の「思ふとだにも」の引歌等の検討から、『思はぬ方にとまりする少将』の成立を嘉元元年（一三〇三）以降とした（「『堤中納言物語』の編纂時期―「思はぬ方にとまりする少将」の成立から―」〈㉖二〇〇四年〉）。なお、前者には久下裕利「〈解説〉研究の原点となった後期物語」(㊺二〇〇七年)、後者には井上「『堤中納言物語』所収作品の享受」(㊶二〇〇六年)といった反論も提出されている。各編の成立時期の特定は、集の編纂時期の特定にも大きく影響を及ぼす。新説の検証も含め、さまざまな観点から今後も検討を続けていかなければならない重要な基礎的問題である。

文永八年(一二七一)成立の『風葉和歌集』に所収作品中五編(『花桜折る少将』・『逢坂越えぬ権中納言』・『はいずみ』・『ほどほどの懸想』・『貝合』)の作中歌が採られていることは、「集」としての成立の問題を考える際の一つの目安となっている。ただし、この事実からは『風葉集』の以前・以降両方の説が成立する可能性が存する。その他、上賀茂神社所蔵三手文庫本の奥書に見える「堤中納言十巻以藤原為氏卿自筆之本」という記載や、静嘉堂文庫蔵大野広城自筆本及び内閣文庫蔵本の奥書に見える「元中二年三月書写」という記載からも成立の下限を推定することができるが、前者についてはその信憑性を疑う向きも多い。こうした基礎的資料と作品内外の状況とを勘案し、「集」としての成立と編者、書名の由来をめぐり、これまでさまざまな仮説が提出されてきた(市田瑛子「堤中納言物語概説」〈松尾聰『堤中納言物語全釈』笠間書院、一九七一年〉、鈴木一雄前掲書、三谷邦明「堤中納言物語」〈『物語文学の系譜Ⅰ平安物語』一九八三年〉他において諸説が一覧されている)。これに近年新しく、「嚢」中に納められた十の短編物語(と一つの断章)を発見した人物が「堤中納言兼輔」への連想をも響かせ〈ことば遊び〉によって命名したと見る後藤康文説(「『堤中納言物語』書名試論」〈『視界』一九九八年。のち二〇一七年近刊《武蔵野書院》所収)が加わった。今後も新資料が発見されない限り、「集」としての成立をめぐる謎が完全に解き明かされることはない。今後も柔軟な発想をもってさまざまな観点から考究されなければならないだろう。

四　所収各編をめぐる作品論

所収各編は、ひとまずおのおのについてその性格を明らかにする必要がある。以下、各編の研究状況を流布本の配列にしたがって記述する。

『花桜折る少将』は、男主人公が姫君ならぬ老尼君を盗み出す物語である。小島雪子「「花桜折る少将」論―ちぐはぐさと過剰さと―」（「日本文学」四七巻九号、一九九八年九月）は、当該物語を「様式化した物語の語り性／騙り性を問題化することをねらいの一つとした物語」と捉えた。こうした見方は、小島氏がすでに『堤中納言物語』所収の『ほどほどの懸想』や『はなだの女御』に見出した性格と軌を一にしている。小島氏はまた「「花桜折る少将」とジェンダー」（「宮城教育大学国語国文」二六号、一九九九年五月）において、男主人公の語られ方をジェンダーの立場から分析し、当該物語に「性差を問題化する物語」としての側面を見出している。その考察の起点となっているのは、「を、しく」（「をかしく」の異同がある）という本文である。小島氏の立場はオリジナルの本文を追究することではなく、「を、しく」の場合、どのような読みの可能性が拓けるのかといった点にあるが、どのように本文を設定するのかによって作品論の行方が大きく変わってくる点にも注意を払っておきたい。

本文の問題は、当該物語の題号にも及ぶ。そもそも『花桜折る少将』の男主人公は、「少将」なのか「中将」なのか。題号を「中将」と改変する、あるいは改変しないまでも暗黙のうちに「中将」と解して作品を理解する立場が今日概ね優勢であろう。この男主人公、及び作中の友人らの訪問場面における詠者について検討したのが、井上「『花桜折る少将』の「少将」—連歌場面の詠者と読みをめぐって—」（㉔二〇〇三年）である。現存伝本の状況等から男主人公を「少将」と理解し、「あかで散る」句を主人公・少将詠、「散る花を」歌を源中将詠と比定している。また保科恵「花桜折る少将の解釈—「おほうへいみしくの給ものを」—」（(52)二〇〇九年）は、本文中の「おほうへ」を「御上」、つまり「身の上」と解釈している。

作中の「桜」や「月」の象徴性、暗示の問題を論じたのが、忠住佳織「「花桜折る少将」—月と花と少将の位相関係について—」（㉒二〇〇三年）である。当該物語に「王権侵犯」の物語としての側面を読む視座は、阿部好臣「引用のモザイクからの挑戦—花桜折る少将と王権物語—」（『視界』一九九八年）を受け継ぐものとなっている。一編の中で変容する語りの問題等に注目し読みを展開する、二〇〇四年度『堤中納言物語』ゼミ「『花桜折る少将』を読む」（㊱二〇〇六年）もある（なお、物語中の語りの変容については、井上「『花桜折る少将』の語りと引用—物語にみる〈幻想〉—」〈『国文学攷』一四七号、一九九五年九月。改稿し『言語空間』に所収〉がすでに指摘している）。物語末尾について「複数の人物の会話体による結末」という見方を示している。

当該物語と、『伊勢物語』さらにはその背後にある歴史との関わりを読み解く、仁平道明「御をぢの大将なむ迎へて内裏へ—『伊勢物語』と歴史と「花桜折る少将」—」（⑰二〇〇二年）がある。「『伊勢物語』が直接的には語らずにとどめた高子入内の背景を、「歴史」を参照しながら、「引用」する当該物語の『伊勢物語』引用のありようについて論じている。また、久下裕利「後期物語創作の基点—紫式部のメッセージ—」（(60)二〇一二年）は、平安後期における『信明集』の流行と当該物語の表現との繋がりを指摘している。

『このついで』は、ある後宮の后妃の前で三つの話が語られる、その物語の場を作品化した物語である。後藤康文「『このついで』篇名由来考」(⑭二〇〇二年)は、作中の「ことのついで」を「このついで」の誤写と解し、「このついで」への改訂を提案する。「こ」に「籠」と「子」の両義を読みとり、当該表現によって題号が命名されたと解し、こうした「作中の語句に依拠しつつ、さらに表裏両義を兼ね備えた」題号が『堤中納言物語』には他にも見られるとして、『貝合』に言及している。所収各編の題号の由来や相互の共通性の問題は、『堤中納言物語』全体を見渡す際に有効な視点となろう。

三話の語られた物語の場に着目して三話と場との関わりを分析した金井利浩「それでも三話は〈並立〉する―「このついで」私見―」(⑲二〇〇三年)がある〈物語の場と三話の表現おのおのとの緊密な繋がりに関しては、井上「堤中納言物語『このついで』の方法―部分映像の交錯、重層化による美的世界の創出―」〈「国語国文　研究と教育」二八号、一九九三年一一月。改稿し『言語空間』に所収〉がすでに指摘している〉。当該物語を「いわば〈場〉の承継と変奏とを遂げんとした、結果的に三つの物語を包摂する物語テクスト」と位置づけた。『このついで』の項と叙述の分析を行った野林靖彦「意味論の基本図式としての文―堤中納言物語『このついで』の多層的世界の解釈学―」(㉞二〇〇五年)も、三話の女主人公が后妃を意識して語られた存在であることを指摘し、当該作品を「異次元空間の存在を時に巧みに錯綜させせながら、「あはれ」な物語世界を描き出している」とした。

物語の享受の実態とテクスト世界とを結びつけ論じた、陣野英則「『堤中納言物語』「このついで」の聴き手たち―物語文学の享受の一面―」(⑳二〇〇三年)もある。三話を聴く女房たちの存在に着目し、「男性の語る物語（第一話）と、女性の語る物語（第二話・第三話）とを並べて、前者の欺瞞性を暴きつつ、同時代の女性にとって、より実情に即した形で、和歌を詠むことの難しさが語られている」とする。女主人のみを真の享受者とせず、女房たちも享受者に含めるべきと主張し、物語享受の実態に迫る論となっている。

『虫めづる姫君』は、虫好きの特異な姫君の物語である。「虫めづる」の喩や姫君の言動の数々をどう読み解くのか、また当該物語の特質をどう捉えるのかといった問題は、多くの関心を集め、所収各編の中でも突出して考究する論が多い。

東原伸明「喩と象徴の『堤中納言物語』―「虫めづる姫君」のパロディ・ジェンダー・セクシャリティ再考―」（⑨二〇〇一年）は、作中の〈虫〉や〈虫めづる〉の喩・象徴を追跡し、「〈虫〉は、かつてのモラリアムの象徴から女性性器の喩へと転換」し、物語末尾において「〈虫めづる〉ことは、すなわち自己の女性としての性＝セックスを直視すること」になったと読む。福田景道「虫めづる姫君の異能性」（⑱二〇〇八年）は、「蝶めづる姫君」と「烏毛虫めづる姫君」という二人の姫君を指す言葉として、題号「虫めづる姫君」を捉えた。保科恵「蝶愛づる行為は是か―虫愛づる姫君の用語「かたはら」―」（㊼二〇一一年）は、当該物語冒頭は作品以前の「てふめづる姫君」の物語を読者に想起させるとする。

玉井絵美子「「虫めづる姫君」の再検討―姫君の服装を通して―」（㉕二〇〇三年）・野村倫子「『堤中納言物語』「虫めづる姫君」の世界―「若紫」の反転から―」（㊹二〇〇七年）は姫君の服装について、男装というよりもむしろ若い姫君らしさの欠如として読みとる。今村みゑ子「「虫めづる姫君」論」（㊿二〇〇九年）は細部の解釈において新見を提示しながら、「自らの価値観と精神の自由をもって振舞う姫君」でありつつ、そのうちには「女であることへの痛恨」があると読む。布村浩一「「虫めづる姫君」の人物造形について―姫君の会話文に見える特徴から―」（55二〇一一年）は、姫君の会話文における敬語の不使用・強意の係助詞の使用・形容詞の言い切り表現等の特徴を彼女の人物像に関わる表現と見た。辻本雄一「虫めづる姫君の価値観―「かたつぶりのつののあらそふや、なぞ」という一節に込められた意図―」（58二〇一二年）は、姫君が男童たちに歌謡を歌わせる場面を中心に考察し、虫たちに聞かせたという情景として解し新見を示す。今野真二・藤井由紀子「作り物語における片仮名の和歌―「虫愛づる姫君」を中心に―」（63二〇一二年）は、姫君が「片仮名」で和歌を書いたことについて、姫君の人物造型の根幹に「本地たづぬ」という思想が置かれていたからと解した。また、齋藤奈美「「虫めづる姫君」の「まへの毛」」（16二〇〇二年）・保科恵「特異修辞と表現方法―虫愛づる姫君の和歌―」（前掲27）は、物語末尾の右馬佐の詠歌の中に出てくる「まへの毛」についておのおのの立場から考察している。表の意味は「眉毛」とした上で、保科氏は、他の箇所が「まゆ」と書かれているにもかかわらず、当該箇所のみが「まへ」と表記された点に着目し、裏に「陰毛」の意が託されていると解した。

当該物語とは、いったいどのような物語なのか。土方洋一「物語のポスト・モダン―虫めづる姫君―」（23二〇〇三年）は、「独立した小宇宙である物語そのものとして、物語でしかないものとして存在しうることを示した」とし、「『源氏物語』とはまた別の、一つの到達点」と捉える。小島雪子「物語史における「虫めづる姫君」（上）（下）―笑われる姫君の物語とのかかわり―」（28二〇〇五年）は、笑われる姫君でありながら親の「かしづく」姫君であるという、それまでの物語ではありえなかった設定が選びとられていることを指摘し、物語の姫君の語られ方を意識化する物語になっていると論じている。小島氏はまた、「「虫めづる姫君」と仏教」（㊹二〇一四年）において、当該物語には同時代の仏教をめぐる言説のありようを対象化、問題化する側面があること、また読者の仏教とのかかわり方を意識化する側面があることを指摘した。下鳥朝代「虫めづる姫君の生活と意見―『堤中納言物語』「虫めづる姫君」をよむ―」（㊿二〇〇八年）は、本文に現れる〈姫君の意見「とて」行動〉の型に着目し、「安易な救済から遠くにあり、その行動と理念を描かれる姫君」と捉える。下鳥氏にはまた、当該物語研究史上重要な成果となった自身の論考「「虫めづる姫君」と『源氏物語』北山の垣間見」（『国語国文研究』九四号、一九九三年七月）の延長として、「文学史の中の『源氏物語』Ⅱ　堤中納言物語①―紫の上は虫めづる姫君の夢を見るか」（㊲二〇〇六年）及び「文学史の中の『源氏物語』Ⅱ　堤中納言物語②―〈子ども〉たちのいるところ」（㊳二〇〇六年）がある。さらに下鳥氏は、「まもる」という語に注目しながら、『源氏物語』から後期物語への物語の展開と変容を捉えた「「まもる」から見る後期物語―「虫めづる姫君」『浜松中納言物語』『狭衣物語』を中心に―」（㊺二〇一四年）や、その続稿「「け深し」考―「虫めづる姫君」の和歌一首の表現をめぐって―」（㊻二〇一五年）及び「「虫めづる姫君」の「そへふす」という表現をめぐって」（㊼二〇一五年）を立て続けに発表し、「見ること」を焦点化する本物語の特質について論じている。井上「「虫めづる姫君」の変貌―抑制される女の言論と羞恥の伝統をめぐって―」（㊾二〇一五年）は、女の言論をめぐる境涯や女の羞恥の伝統と当該物語との関わりを論じ、限界を孕みつつも新しい地平を拓くことを試みた物語として、当該物語を〈女の物語〉史上に位置づけている。

『ほどほどの懸想』は、三つの階層おのおのの「懸想」を描く物語である。陣野英則「『堤中納言物語』

「ほどほどの懸想」論―「ほどほどの」読者たち―」(㉚二〇〇五年)は、当該物語が小舎人童と女童の恋を冒頭に置き中心的に描くこと等から、そうした下仕えの人たちによって「恋の手引き書のようなもの」として享受された可能性を指摘した。なお神野氏は、後藤康文氏の提起した当該物語の末尾本文改訂試案(「『ほどほどの懸想』試論―頭中将は後悔したか―」〈「国語国文」六二巻七号 七〇七号、一九九三年七月。のち二〇一七年近刊《武蔵野書院》所収〉)について、後藤氏の主張する頭中将の人物像には異を唱えるものの、賛同している。陣野氏の主張する、物語の内容と享受の実態との関わりを論じる視座は、『このついで』論として前掲した陣野氏の論と連携していくものである。

『逢坂越えぬ権中納言』は、公の場では完全無欠の貴公子「権中納言」が、恋の相手からは完璧に拒絶されてしまうという物語である。亀田夕佳「〈根合〉の男君―『堤中納言物語』「逢坂越えぬ権中納言」試論―」(㉜二〇〇五年)は、男主人公の造型をめぐり白詩引用によって浮かび上がる〈交友〉の文脈に着目した。「享受者と地続きの可能性を期待しうる地平に、男同士の人間関係に支えられた魅力的な主人公を造型」した点に、当該物語の独自性と達成を見出す。

「物語合」提出作品である点に着目した論も散見する。井上「〈賀の物語〉の出現―『逢坂越えぬ権中納言』と藤原頼通の周辺―」(「国語と国文学」七六巻八号、一九九九年八月。のち一部改稿し『言語空間』所収)は、物語の設定や和歌表現に道長から頼通へと受け継がれた一族の栄華の歴史の反映を読む。作中に形象された祝意が「物語合」の場をも包括する祝意へと変質拡大して受容される可能性を指摘し、当該物語に〈賀の物語〉的性格を見出した。井上はまた「『逢坂越えぬ権中納言』と歌合の史的空間」(㉑二〇〇三年)

において、史上の歌合の空間の中で、当該物語の表現をめぐる継承の具体相をながめている。陣野英則「『堤中納言物語』「逢坂越えぬ権中納言」論―生成・享受の「場」との関係―」（㊷二〇〇七年）は、物語世界内の人々と物語を生成・享受する「場」の人々との照応はむしろ広汎にさまざまなところにずれを含みながら及ぶと捉え、「生成・享受の「場」に関わる人々との、微妙な重なり具合をたのしみながら享受したのだろう」と享受の実態を想定する。物語の発表された場と当該物語との密接な関連について論じた神野藤昭夫氏の論（「サロン文学としての『逢坂越えぬ権中納言』」〈『散逸した物語世界と物語史』若草書房、一九九八年。初出は一九九二年〉）を受け、さらにその実態が解明されつつある。

『貝合』は、貝合の準備をする子供たちの世界に偶然遭遇した蔵人少将が、観音を装い劣勢の姫君方を援助する物語である。後藤康文「観音霊験譚としての『貝あはせ』―観音の化身、そして亡き母となった男―」（『歌物語と和歌説話』〈説話論集　九集〉清文堂出版、一九九九年八月。のち二〇一七年近刊〈武蔵野書院〉所収）は、少将の詠「かひなしと」歌の含意の周到な検討を通して、「人間の男から観音の化身へと転移させられ」た少将を読みとる。さらに観音の救済と故母の加護との結びつきから、物語末尾の少将が「彼女たちを見護る亡き〈母〉の視線そのものへと変容した」と捉えた。「観音霊験譚としての『貝あはせ』」にとって焦点となる「甲斐」と題号とを関連づけている。蟹江希世子「侵犯する「童」達―『堤中納言物語』、特に『貝合』をめぐって―」（「古代文学研究」第二次　八号、一九九九年一〇月）は「ありつる童」の機能について論じ、当初から少将を観音に見立てるつもりであった童の意図に少将は見事に乗せられてしまったと捉え、新見を提示している。また大倉比呂志「「貝合」論―大人〈不在〉と貝合当日記事〈不在〉

の意味―」(㉙二〇〇五年)は、当該物語の叙述に見られる暗示や先取り等の機能について論じている。

保科恵「作品貝合の表現構成―堤中納言物語構文論―」(⑮二〇〇二年)は文体の特徴について論じ、「作品の掉尾表現に伝承の聞書としての体裁を採用することで、物語文学としての形態を保有するけれども、そこに内包される表現は、日記文学の方法を継承している」と評した。史上の「良子内親王貝合」及び後朱雀天皇の後宮の問題と当該物語とを関わらせ論じた本橋裕美「文学サロンとしての斎宮空間―良子内親王を中心に―」(㊽二〇一五年)もある。

『思はぬ方にとまりする少将』は、少将と権少将が互いに通う女(姉妹)を取り違え、四角関係が成立してしまう物語である。下鳥朝代「「劣りまさるけぢめ」―『堤中納言物語』「思はぬ方にとまりする少将」論―」(⑫二〇〇二年)は、物語のモチーフの史的展開の中で当該物語のありようを相対化し、終結部において異なる「文脈」の衝突による笑いが生み出される、批評的まなざしを獲得した物語と捉えた。当該物語を宇治十帖のパロディと捉え、姉妹物語としての異例さに着目した神田龍身「『思はぬ方にとまりする少将』―短篇物語の終焉―」(「早稲田大学高等学院研究年誌」二九号、一九八五年三月)を一つの契機とし、「パロディ」の内実に分け入る論となっている。

当該物語を主として和歌表現との関わりから読む論もある。井上「場の文学としての『思はぬ方にとまりする少将』―平安後期短編物語論―」(⑱二〇〇三年)は、題号に引く景明歌の世界を、前半において脚色しつつ散文化し、後半において換骨奪胎し新たな「思はぬ方にとまりする」状況を創出するという、〈題詠的手法〉で物語が形成されたと捉えた。

他に、成立の問題について新見を提出する新美哲彦「『堤中納言物語』の編纂時期―「思はぬ方にとまりする少将」の成立から―」（前掲㉖）もある。

『はなだの女御』は、ある屋敷に集う女性たちが各人の仕える女主人を花の喩えに託して評しあう様子を、好色者が垣間見る物語である。下鳥朝代「「思はぬ方にとまりする少将」と「はなだの女御」―末尾表現に着目して―」（『書物と語り』新物語研究5、若草書房、一九九八年三月）は、当該物語の末尾表現について「表現の中に「書写者」を仮構することによって、物語への「読者」の参加を誘うもの」と捉えた。「四条の宮の女御」を対象とする可能態の密通物語を表現の背後に込め、史実と虚構のあわいの趣向を読みとらせるべく「読者」を誘う物語であることを論じた下鳥「『はなだの女御』論―「読者」参加の物語―」（「国語国文研究」九一号、一九九二年三月）を受けた論であり、これらは下鳥「「はなだの女御」という謎―好色者をめぐって―」（㉝二〇〇五年）へと結実した。下鳥氏が問題とした当該物語の跋文の問題は、以後もさまざまな角度から分析が加えられている。櫻井学「姿を変える書く主体―「はなだの女御」跋文の方法―」（㊸二〇一〇年）は、「聞きしこと」の解釈の仕方によって変化する、書く主体と読みについて論じている。後藤康文「『はなだの女御』の〈跋文〉を考える―『堤中納言物語』の本文批判と解釈―」（㊶二〇一二年）は、本文批判・解釈を通して跋文の意図を追究し、「語り手と登場人物かつ視点人物たる「すき者」による共謀の構図をまず浮上させ、加えて、語られた側の女性の証言により一篇の事実性をより強固に保証する仕組みを築き上げる、という強かな目論見があったのではないか」と述べる。後藤氏にはまた、『はなだの女御』の本文批判を展開した「『はなだの女御』覚書―『堤中納言物語』の本文批判―」

（⑩二〇一五年）もある。

他に、花の比喩の配列とその順列に注目し、当該物語の執筆意図に迫る小澤洋子「「はなだの女御」の秘められた執筆意図―花の比喩の配列とその順列―」（㉛二〇〇五年）、「薄色の裳」描写の効果や意味について考察する畠山大二郎「「薄色の裳」考―中古文学における裳の一スタイル―」（56二〇一一年）がある。


『はいずみ』は二人妻説話の系譜につらなる物語であり、男の古妻への回帰と、今妻への愛想づかしとから成る。下鳥朝代「『堤中納言物語』「はいずみ」考―「すみ」を巡る物語―」（⑧二〇〇一年）は、「牛たがひて」という類例を見ない表現の背景、物語の論理を探り、当該物語における「すみ（住み）」の問題の重要性を浮かび上がらせる。当該物語が「歌物語的手法」からはっきりと脱していることを説き、当該物語の特質を論じた。小島雪子「物語史の中の「はいずみ」―化粧を焦点化する物語―」（⑬二〇〇二年）は、化粧の作為性を顕在化させる当該物語のありようについて論じている。

陣野英則「『堤中納言物語』「はいずみ」前半部の機知と諧謔」（62二〇一二年）は、一般に「あはれ」の物語と解されている前半部の理解に再考を迫る。反復表現、懸詞的な言葉あそび、「はぐらかす」語り方等に着目し、当該物語の諧謔性を論じている。さらに『堤中納言物語』が従来パロディとして捉えられることの多い（三谷邦明「堤中納言物語の表現構造―引用・パロディ・視線あるいは『逢坂越えぬ権中納言』の方法―」〈『物語文学の方法Ⅱ』有精堂、一九八九年。初出は一九八三年〉他）点に疑義を呈し、『はいずみ』前半部ではむしろ「パスティーシュとしてのおかしみ」が見出されるとする。

他に、当該物語各所に張り巡らされた古妻の話と今妻の話の対照を指摘し、今妻が古妻と同格の「主人公」となったと捉える、眞鍋萌「「はいずみ」考―二人の女の対照性と主人公性―」(59二〇一二年)もある。

『よしなしごと』は、「故だつ僧」と密かに関係を持つ娘へ宛てた、娘の師僧がものした借用依頼の奇妙な書簡が作品の大半を占める物語である。細川涼一「中世の土器造りの女性―『堤中納言物語』の近江鍋と河内鍋、『伊勢物語』の筑摩神社鍋冠祭の一背景―」(『解釈と鑑賞』六四巻五号〈八一六号〉、一九九九年五月)は、「近江鍋」と「河内鍋」の史的背景を周辺史料から探る。井上「『よしなしごと』の〈聖〉と〈俗〉」(10二〇〇一年)は、書簡部分とこれを包む枠組みとの関わりの検討を通して作品世界を考察する。書簡部分からは娘と「故だつ僧」への揶揄や師僧の屈折した欲望が、跋文の師僧の弁明からは娘への諭しが読みとられ、さらにその諭しの文脈も最終的には相対化されるとする。これに対し陣野英則「『堤中納言物語』「よしなしごと」と「冬ごもる……」―その形態・享受に関する試論―」(46二〇〇七年)は、書簡とそれ以外の部分との区分の困難さを主張する。当該物語は、「〈語り〉あるいは語り手の音声の介在ということが認められない」ことから「「物語」とはいいがたい文書」であるにもかかわらず、「仮名文字を用いた手紙にもきわめて近い文書であり、結局は「物語文学」にも通ずるような、仮名文書としての始原的あるいは根源的性格を有している」と説いた。当該物語の当初の文書としての形態をめぐる仮説、『堤中納言物語』の編纂をめぐる仮説を展開している。

五　集としての『堤中納言物語』

『堤中納言物語』がある意図をもってまとめられたのか、あるいは偶然に「集」となったのか、現時点では明らかにしえない。しかしながら、現在目の前にある『堤中納言物語』を「集」として捉え考察することは、可能であるし必要であろう。ここでは、十編に付加された「冬ごもる」断章の問題、各編に共通する特質の問題、享受の問題をとりあげる。

ごく一部の伝本をのぞき、物語の冒頭部分かと思われる文章が途中で途切れる「冬ごもる」断章が付されている。「未完・散逸・断簡のように見せた技巧なのか」（前掲新編全集　稲賀解説）とも評され、『堤中納言物語』全体との関係性も注目されるテクストである。井上「堤中納言物語「冬ごもる」断章考」（㉟二〇〇六年）は、断章の表現史的位置を探り、断章生成の場の想定に及んでいる。井上はまた、「「冬ごもる」断章と『堤中納言物語』―四季の「月」の配置と『狭衣物語』の影をめぐって―」（㊸二〇〇七年）において、春夏秋の「月」をおのおの冒頭に配する所収各編と断章との関わりを論じ、それらと『狭衣物語』との関係性に言及した。陣野英則「『堤中納言物語』「よしなしごと」と「冬ごもる……」―その形態・享受に関する試論―」（前掲㊻）は、現存諸本の状態から『よしなしごと』と断章とが編纂の段階かそれ以前のある時点においてセットとなっていたと推定する。「巻子装の「よしなしごと」、あるいは「冬ごもる……」との表裏の位置関係、さらには、この短篇集そのものの「包み紙」となった可能性」に言及している。

各編に共通する特質については、所収各編の作品論の箇所で言及した論考の数々が解明を続けている（各編の成立を平安後期を中心にした時代と見るなら、その営みは平安後期短編物語の性格の探究であったとも言えよう）。とりわけ、様式化した物語の語り性／騙り性を各編が問題化することを捉える小島雪子氏、物語史や和歌表現との関わり、各編の末尾表現等に着目し各編の特質に迫る下鳥朝代氏、享受の実態と物語内容との関わりから各編の性格を読み解く陣野英則氏の各論考は、おのおのの視座から各編の共通性を見据えて論じられてきたものである。稿者もまた、そうした営みを目指してきた。時代性との関わりでは、大倉比呂志「〈末法〉への挑戦―『更級日記』と『堤中納言物語』の場合―」（⑦二〇〇〇年）が、〈末法〉という視座から所収各編のいくつかに言及している。

「集」としてまとめられた時期は確定できないものの、各編の享受された痕跡は少ないながら散見される。それらを繋ぎあわせることによって、「集」をめぐる謎の解明にも寄与することになるのではないか。院政期から鎌倉期の和歌や中世王朝物語（『松浦宮物語』・『石清水物語』）における享受の様相を辿る井上「『堤中納言物語』所収作品の享受」（前掲㊶）、『石清水物語』への影響を説く大倉比呂志「『石清水物語』試論」（㊾二〇〇八年）、南北朝から室町初期の成立と見られる『掃墨物語絵巻』への継承を詳細に解説する神野藤昭夫『知られざる王朝物語の発見　物語山脈を眺望する』（⑤二〇〇八年）、江戸期の岩下貞融による『堤中納言物語』享受の具体相を記述する清水登「岩下貞融と国語研究―『堤中納言物語』の注釈を中心として―」（『長野県短期大学紀要』五四号、一九九九年一二月）他がある。

六　おわりに

伝本の現況や「集」をめぐる情報の少なさから、『堤中納言物語』はさまざまな謎の多い作品と言える。その謎に今後も多様な視座から挑んでいかなくてはならないだろう。「集」をめぐる問題には、時に大胆な仮説を提示することも必要となってくる。
本文の整定と解釈の問題を一方で見据えつつ、当該物語の表現に丹念に分け入ることが今後もより一層求められるのではないか。また個別の指摘を統合していく視座の獲得も重要である。すでに個々の論者によって自覚的にその視座が選びとられ、研究がすすめられつつあると思うが、さらにそれが精密にそして広汎に押しすすめられることが求められていよう。文化的広がりを視野に入れるかたちの、物語の生成された時空と、当該物語の表現との連関の具体相を解明することは、その視座の重要な一つであると思う。

〔『堤中納言物語』参考文献一覧〕（二〇〇〇年以降・本稿掲出分に限る）

単行本

①大倉比呂志編『校注　堤中納言物語』（新典社、二〇〇〇年二月）
②稲賀敬二校注・訳　新編日本古典文学全集『堤中納言物語』（小学館、二〇〇〇年九月）
③池田利夫訳・注　笠間文庫『堤中納言物語』（笠間書院、二〇〇六年九月）
④池田利夫編・解説『高松宮本堤中納言物語』（笠間文庫、笠間書院、二〇〇七年一月）
⑤神野藤昭夫『知られざる王朝物語の発見　物語山脈を眺望する』（笠間書院、二〇〇八年一〇月）
⑥井上新子『堤中納言物語の言語空間―織りなされる言葉と時代―』（翰林書房、二〇一六年五月）

論文

⑦大倉比呂志「〈末法〉への挑戦―『更級日記』と『堤中納言物語』の場合―」（『日本文学』四九巻七号、二〇〇〇年七月）

⑧下鳥朝代「『堤中納言物語』「はいずみ」考―「すみ」を巡る物語―」（「湘南文学」三五号、二〇〇一年三月）
⑨東原伸明「喩と象徴の『堤中納言物語』―「虫めづる姫君」のパロディ・ジェンダー・セクシャリティ再考―」（『叢書　想像する平安文学』七、勉誠出版、二〇〇一年五月）
⑩井上新子「『よしなしごと』の〈聖〉と〈俗〉」（「国文学攷」一七〇号、二〇〇一年六月。のち『言語空間』所収）
⑪妹尾好信「『貝合』本文存疑考・二題」（「古代中世国文学」一七号、二〇〇一年九月。のち『中世王朝物語表現の探究』〈笠間書院〉所収）
⑫下鳥朝代「「劣りまさるけぢめ」―『堤中納言物語』「思はぬ方にとまりする少将」論―」（「湘南文学」三六号、二〇〇二年三月）
⑬小島雪子「物語史の中の「はいずみ」―化粧を焦点化する物語―」（『講座　平安文学論究』一六輯、風間書房、二〇〇二年五月）
⑭後藤康文「『このついで』篇名由来考」（『講座　平安文学論究』一六輯、風間書房、二〇〇二年五月。のち二〇一七年近刊〈武蔵野書院〉所収）
⑮保科恵「作品貝合の表現構成―堤中納言物語構文論―」（『講座　平安文学論究』一六輯、風間書房、二〇〇二年五月）
⑯齋藤奈美「「虫めづる姫君」の「まへの毛」」（「解釈」四八巻五・六号〈五六六・五六七号〉、二〇〇二年六月）

⑰仁平道明「御をぢの大将なむ迎へて内裏へ――『伊勢物語』と歴史と「花桜折る少将」――」（王朝物語研究会編『論叢　伊勢物語2―歴史との往還』新典社、二〇〇二年一一月）

⑱井上新子「場の文学としての『思はぬ方にとまりする少将』―平安後期短編物語論―」（「国語と国文学」八〇巻二号、二〇〇三年二月。のち一部改稿し『言語空間』所収）

⑲金井利浩「それでも三話は〈並立〉する――「このついで」私見――」（「中央大学国文」四六号、二〇〇三年三月）

⑳陣野英則「『堤中納言物語』「このついで」の聴き手たち―物語文学の享受の一面―」（『古代中世文学論考』九集、新典社、二〇〇三年四月）

㉑井上新子「『逢坂越えぬ権中納言』と歌合の史的空間」（久下裕利編『狭衣物語の新研究―頼通の時代を考える』新典社、二〇〇三年七月。のち一部改稿し『言語空間』所収）

㉒忠住佳織「「花桜折る少将」―月と花と少将の位相関係について―」（「日本言語文化研究」五号、二〇〇三年九月）

㉓土方洋一「物語のポスト・モダン―虫めづる姫君―」（『鶴林紫苑』二〇〇三年一一月）

㉔井上新子「『花桜折る少将』の「少将」―連歌場面の詠者と読みをめぐって―」（「国語国文　研究と教育」四一号、二〇〇三年一二月。のち改稿し『言語空間』所収）

㉕玉井絵美子「「虫めづる姫君」の再検討―姫君の服装を通して―」（「花園大学国文学論究」三一号、二〇〇三年一二月）

㉖新美哲彦「『堤中納言物語』の編纂時期―「思はぬ方にとまりする少将」の成立から―」（田中隆昭編『日

本古代文学と東アジア』勉誠出版、二〇〇四年三月）

㉗保科恵「特異修辞と表現方法―虫愛づる姫君の和歌―」（「二松」一九集、二〇〇五年三月）

㉘小島雪子「物語史における「虫めづる姫君」（上）（下）―笑われる姫君の物語とのかかわり―」（「文芸研究」一五九・一六〇集、二〇〇五年三月・九月）

㉙大倉比呂志「「貝合」論―大人〈不在〉と貝合当日記事〈不在〉の意味―」（「解釈」五一巻三・四号〈六〇〇・六〇一号〉、二〇〇五年四月）

㉚陣野英則「『堤中納言物語』「ほどほどの懸想」論―「ほどほどの」読者たち―」（「国文学研究」一四六号、二〇〇五年六月）

㉛小澤洋子「「はなだの女御」の秘められた執筆意図―花の比喩の配列とその順列―」（『古代中世文学論考』一六集、二〇〇五年一一月）

㉜亀田夕佳「〈根合〉の男君―『堤中納言物語』「逢坂越えぬ権中納言」試論―」（「名古屋大学国語国文学」九七号、二〇〇五年一二月）

㉝下鳥朝代「「はなだの女御」という謎―好色者をめぐって―」（「古典文学　注釈と批評」二号、二〇〇五年一二月）

㉞野林靖彦「意味論の基本図式としての文―堤中納言物語『このついで』の多層的世界の解釈学―」（「麗澤大学紀要」八一巻、二〇〇五年一二月）

㉟井上新子「堤中納言物語「冬ごもる」断章考」（「国語国文　研究と教育」四四号、二〇〇六年三月。のち『言語空間』所収）

㊱二〇〇四年度『堤中納言物語』ゼミ「『花桜折る少将』を読む」(「青山語文」三六号、二〇〇六年三月)
㊲下鳥朝代「文学史の中の『源氏物語』Ⅱ　堤中納言物語①―紫の上は虫めづる姫君の夢を見るか」(『人物で読む『源氏物語』』一一巻、勉誠出版、二〇〇六年五月)
㊳下鳥朝代「文学史の中の『源氏物語』Ⅱ　堤中納言物語②―〈子ども〉たちのいるところ」(『人物で読む『源氏物語』』一二巻、二〇〇六年五月)
㊴後藤康文「「頭中将の御小舎人童」考その他―『堤中納言物語』の本文批判」(「語文研究」一〇〇・一〇一号、二〇〇六年六月)
㊵後藤康文「後期物語」(『日本語日本文学の新たな視座』おうふう、二〇〇六年六月)
㊶井上新子「『堤中納言物語』所収作品の享受」(『古代中世文学論考』一八集〈新典社、二〇〇六年一〇月〉。のち一部増補し『言語空間』所収)
㊷陣野英則「『堤中納言物語』「逢坂越えぬ権中納言」論―生成・享受の「場」との関係―」(「早稲田大学大学院文学研究科紀要」(第三分冊)」五二号、二〇〇七年二月)
㊸井上新子「「冬ごもる」断章と『堤中納言物語』―四季の「月」の配置と『狭衣物語』の影をめぐって―」(「古代中世国文学」二三号、二〇〇七年三月。のち『言語空間』所収)
㊹野村倫子「『堤中納言物語』「虫めづる姫君」の世界―「若紫」の反転から―」(「日本言語文化研究」一〇号、二〇〇七年三月)
㊺久下裕利「〈解説〉研究の原点となった後期物語」(稲賀敬二コレクション4『後期物語への多彩な視点』笠間書院、二〇〇七年一〇月)

㊻陣野英則「『堤中納言物語』「よしなしごと」と「冬ごもる……」—その形態・享受に関する試論—」（『古代中世文学論考』二〇集、二〇〇七年一〇月）
㊼保科恵「堤中納言物語文献集成・補遺—附・執筆者名索引—」（『松籟』二、二〇〇七年一二月）
㊽福田景道「虫めづる姫君の異能性」（「島根大学社会福祉論集」二号、二〇〇八年三月）
㊾大倉比呂志「『石清水物語』試論」（「学苑」八一四号、二〇〇八年八月）
㊿下鳥朝代「虫めづる姫君の生活と意見—『堤中納言物語』「虫めづる姫君」をよむ—」（狭衣物語研究会編『狭衣物語が拓く言語文化の世界』翰林書房、二〇〇八年一〇月）
51今村みゑ子「「虫めづる姫君」論」（「芸術世界」〈東京工芸大学芸術学部紀要〉一五号、二〇〇九年三月）
52保科恵「花桜折る少将の解釈—「おほうへいみしくの給ものを」—」（『松籟』三、二〇〇九年六月）
53櫻井学「姿を変える書く主体—「はなだの女御」跋文の方法—」（「日本文学」五九巻九号〈六八七号〉、二〇一〇年九月）
54済東脩「『堤中納言物語』研究史の変遷と重要問題—昭和初期から二千年代まで—」（「国際文化研究紀要」〈横浜市立大学〉一七号、二〇一〇年一二月）
55布村浩一「「虫めづる姫君」の人物造形について—姫君の会話文に見える特徴から—」（「立正大学国語国文」四九号、二〇一一年三月）
56畠山大二郎「「薄色の裳」考—中古文学における裳の一スタイル—」（「国学院大学大学院平安文学研究」三号、二〇一一年九月）
57保科恵「蝶愛づる行為は是か—虫愛づる姫君の用語「かたはら」—」（『ことばを楽しむ』二〇一一年一一月）

(58)辻本雄一「虫めづる姫君の価値観―「かたつぶりのつののあらそふや、なぞ」という一節に込められた意図―」（「日本文学論叢」〈法政大学大学院〉四一号、二〇一二年三月）
(59)眞鍋萌「「はいずみ」考―二人の女の対照性と主人公性―」（「東海大学　日本語・日本文学　研究と注釈」二号、二〇一二年三月）
(60)久下裕利「後期物語創作の基点―紫式部のメッセージ―」（久下裕利編、考えるシリーズⅠ④『源氏以後の物語を考える―継承の構図』武蔵野書院、二〇一二年五月。のち『源氏物語の記憶―時代との交差』武蔵野書院、二〇一七年〈近刊予定〉所収）
(61)後藤康文「『はなだの女御』の〈跋文〉を考える―『堤中納言物語』の本文批判と解釈―」（考えるシリーズⅠ④『源氏以後の物語を考える―継承の構図』武蔵野書院、二〇一二年五月。のち二〇一七年近刊〈武蔵野書院〉所収）
(62)陣野英則「『堤中納言物語』「はいずみ」前半部の機知と諧謔」（考えるシリーズⅠ④『源氏以後の物語を考える―継承の構図』武蔵野書院、二〇一二年五月）
(63)今野真二・藤井由紀子「作り物語における片仮名の和歌―「虫愛づる姫君」を中心に―」（「清泉女子大学紀要」六〇号、二〇一二年一二月）
(64)小島雪子「「虫めづる姫君」と仏教」（「宮城教育大学紀要」四八巻、二〇一四年一月）
(65)下鳥朝代「「まもる」から見る後期物語―「虫めづる姫君」『浜松中納言物語』『狭衣物語』を中心に―」（「湘南文学」四八号、二〇一四年三月）
(66)下鳥朝代「「け深し」考―「虫めづる姫君」の和歌一首の表現をめぐって―」（「湘南文学」四九号、二〇一四

年一一月）

⑰下鳥朝代「「虫めづる姫君」の「そへふす」という表現をめぐって」（「湘南文学」五〇号、二〇一五年三月）

⑱本橋裕美「文学サロンとしての斎宮空間―良子内親王を中心に―」（「学芸古典文学」八号、二〇一五年三月。のち『斎宮の文学史』〈翰林書房〉所収）

⑲井上新子「「虫めづる姫君」の変貌―抑制される女の言論と羞恥の伝統をめぐって―」（「中古文学」九六号、二〇一五年一二月。のち『言語空間』所収）

⑳後藤康文「『はなだの女御』覚書―『堤中納言物語』の本文批判―」（「北海道大学文学研究科紀要」一四七号、二〇一五年一二月）

◆執筆者紹介（*編者）

*久　下　裕　利〈本名・晴康〉（くげ・ひろとし）　　昭和女子大学教授
〔主要著書・論文〕
「大望祈願の物詣―石山詣から初瀬詣へ―」（『知の遺産　更級日記の新世界』武蔵野書院・2016年10月）
「大納言道綱女豊子について―『紫式部日記』成立裏面史―」（昭和女子大学「学苑」915号・2017年1月）

*横　溝　　　博（よこみぞ・ひろし）　　東北大学准教授
〔主要著書・論文〕
「按察家の人々―『海人の刈藻』を中心として―」（『源氏以後の物語を考える―継承の構図』武蔵野書院・2012年5月）
「『夜の寝覚』の引歌表現「思ふもものの心地」をめぐって―『源氏物語』葵巻の六条御息所との関わりから―」（『知の挑発　平安後期　頼通文化世界を考える―成熟の行方』武蔵野書院・2016年7月）

陣　野　英　則（じんの・ひでのり）　　早稲田大学教授
〔主要著書・論文〕
『源氏物語論―女房・書かれた言葉・引用―』（勉誠出版・2016年3月）
「ナラトロジーのこれからと『源氏物語』―人称をめぐる課題を中心に―」（『新時代への源氏学9　架橋する〈文学〉理論』竹林舎・2016年5月）

大　倉　比　呂　志（おおくら・ひろし）　　昭和女子大学教授
〔主要著書・論文〕
『平安時代日記文学の特質と表現』（新典社・2003年4月）
『物語文学集攷―平安後期から中世へ―』（新典社・2013年2月）

後　藤　康　文（ごとう・やすふみ）　　北海道大学大学院教授
〔主要著書・論文〕
『狭衣物語論考【本文・和歌・物語史】』（笠間書院・2011年12月）
『日本古典文学読解考―『万葉』から『しのびね』まで―』（新典社・2012年10月）

野　村　倫　子（のむら・みちこ）　　大阪府立春日丘高等学校教諭
〔主要著書・論文〕
『『源氏物語』宇治十帖の展開と継承―女君流離の物語』（和泉書院・2011年5月）
「『狭衣物語』飛鳥井と一品の宮母子の物語―『源氏物語』引用を基点に―」（『立命館文学』630号・2013年3月）

星　山　　　健（ほしやま・けん）　　関西学院大学教授
〔主要著書・論文〕
『王朝物語史論―引用の『源氏物語』―』（笠間書院・2008年12月）
「『栄花物語』正編研究序説―想定読者という視座―」（『文学・語学』第213号・2015年8月）

井　上　新　子（いのうえ・しんこ）　　大阪大谷大学・甲南大学非常勤講師
〔主要著書・論文〕
『堤中納言物語の言語空間―織りなされる言葉と時代―』（翰林書房・2016年5月）
「狭衣の〈恋の煙〉―『狭衣物語』における「煙」の表象をめぐって―」（『狭衣物語　文《あや》の空間』翰林書房・2014年5月）

知の遺産シリーズ　4
堤中納言物語の新世界

2017年3月27日 初版第1刷発行

編　　者：横溝博・久下裕利

発 行 者：前田智彦

発 行 所：武蔵野書院
〒101-0054
東京都千代田区神田錦町3-11 電話 03-3291-4859　FAX 03-3291-4839

装　　幀：武蔵野書院装幀室

印　　刷：三美印刷㈱

製　　本：㈲佐久間紙工製本所

ISBN 978-4-8386-0469-2　　Printed in Japan